Manuel Vázquez Montalbán

Das Quartett

Die Kleine Reihe

Manuel Vázquez Montalbán

Das Quartett

Roman

Büchergilde Gutenberg

Aus dem Spanischen
von Theres Moser

Lizenzausgabe für die Büchergilde Gutenberg
Frankfurt am Main und Wien
mit freundlicher Genehmigung des Verlags
Klaus Wagenbach, Berlin
Die spanische Originalausgabe erschien 1988 unter dem Titel
»Cuarteto« bei Mondadori España S. A. in Madrid

Einbandgestaltung Thomas & Thomas Design, Heidesheim
Herstellung Margot Mayer-Guderian, Erzhausen
Satz Dörlemann Satz, Lemförde
Druck R. Oldenbourg Graphische Betriebe, Kirchheim
Bindung Großbuchbinderei Monheim, Monheim
Printed in Germany 1998 · ISBN 3 7632 4808 0

1

Ich bin nicht der, der ich zu sein scheine. Ich weiß nicht, warum, aber seit meiner Kindheit, seit ich mich auf das Abitur vorbereitete, sage ich mir immer wieder Sätze mit dem Verb *sein* vor, wie Grammatikbeispiele, an die ich mich noch auswendig erinnere: Ich bin, der ich bin ... die wenigen Weisen, die auf Erden gewesen sind ... Ich bin nicht der, der ich zu sein scheine, sage ich mir immer wieder laut vor meinem Badezimmerspiegel vor, und leise, wenn ich nicht allein bin und der grundsätzlichen Gesellschaft meines Lieblingsspruchs bedarf, und im Geist, wenn sogar das *sotto voce* die aggressive Alarmbereitschaft wekken könnte, mit der uns die anderen begegnen. Die wenigen Menschen, die mich gut kennen – und niemand zwinge mich, sie aufzuzählen, da das Ergebnis vielleicht so kläglich ausfiele, daß ich keinen einzigen Namen anführen könnte –, nun denn, die wenigen Menschen, die mich möglicherweise gut kennen könnten, wissen, daß ich sie hin und wieder mit feststehenden Ausrufen überrasche, die gleichsam der Refrain meines Unterbewußtseins sind.

Zum Beispiel: Ich bin nicht der, der ich zu sein scheine.

Oder auch: Was soll man zum unerschütterlichen Kampf der algerischen Kommunisten sagen?

Einmal kam ich nach einer anstrengenden Innenschau zu dem Schluß, daß sich beide Sätze etwa Anfang der sechziger Jahre in mein Unterbewußtsein eingeprägt haben mußten, im Zuge der Lektüre von Max Frischs *Stiller* und Henri Allegs *La Question*. Das erste Buch, ein Roman, behandelt das Problem der Identität; und wenn ich übertrieben genau sein und mich an meine ursprüngliche Berufung erinnern wollte, würde ich sagen, daß dieser Roman einen Nachklang der Thesen Kierkegaards birgt, denselben Nachklang, der bei den Dichtern des Verhaltens wie Unamuno oder Pirandello allgegenwärtig ist. Das zweite war der Augenzeugenbericht Henri Allegs, eines Journalisten der *Algérie Républicaine* und Kommunisten, der wegen seine Solidarität mit der FLN (Nationalen Befreiungsfront) von den französischen Fallschirmspringern gefoltert wurde. Auf diese Erinnerungen zurückzugreifen ist für mich, als würde ich mich in die Abstellkammer meines Bildungsgedächtnisses begeben, mit einem ironischen Lächeln im Gesicht, in meinem Gesicht, nehme ich einmal an. Ja, wenn ich bisweilen vor dem Badezimmerspiegel versuche, dieses ironische Lächeln, das ich mir unterstelle, zustande zu bringen, gelingt es mir nicht. Da steht eine sonderbare Kleiderpuppe mit gebrochenen oder übertriebenen Grimassen, der es nie gelingt, dieses feine Lächeln zustande zu bringen, zart wie Schaum, das mich glücklich machen würde.

Der Inspektor, Dávila heißt er, glaube ich, hat den Umfang meiner Bibliothek bewundert. Er behauptet, gern zu lesen.

»Ich habe immer ein Buch zur Hand. Abends, wenn ich mich ins Bett fallen lasse, schlafe ich nur ein, wenn ich ein Buch aufschlage. Mach das Licht aus, sagt meine Frau immer wieder. Aber das kann ich nicht, bis ich nicht wenigstens ein Kapitel gelesen habe. Am meisten ärgern mich diese modernen Bücher, die keine Kapitel haben. Bei denen ist man gezwungen, entweder weiterzulesen, bis man ans Ende kommt, oder das Lesen nach einem Absatz zu unterbrechen. Die Leute wissen schon nicht mehr, was sie sich einfallen lassen sollen.«

Dávila bewundert auch meine Murano-Glas-Sammlung, besonders die reizenden Musikerfigürchen auf dem rot-weißen Schachbrett oder meine bizarr geformten Barockkandelaber, einzig in ihrer Art, die mir der Verkäufer förmlich aufgedrängt hatte, weil er mir das nötige Verständnis dafür zutraute.

»Sie sind der ideale Käufer für diese Kandelaber. Sie verlangen nach Ihnen. Sie betteln: Kaufe uns.«

Sie haben mich auf dem Ausflug nach Murano begleitet. Die vier. Carlota, Luis, Pepa und Modolell. Es überrascht mich jetzt, daß Modolell Esteban heißen soll. Alle nannten ihn Modolell, sogar Pepa, seine Frau. Die Erinnerung an meine Reisen in den vergangenen zehn Jahren ist mit diesem Quartett verknüpft, mit den beiden Paaren Carlota und Luis sowie Pepa und Modolell, die ich in Luxor 1977 bei der unvermeidlichen Licht- und Tonschau kennenlernte. Sie ließen einen Joint kreisen und erlebten das Schauspiel in ihrem Inneren. Alles Licht war in ihren Augen, und der Ton bestand aus ihrem Murmeln und Gelächter, das dumpf und gelassen aus ihnen herausbrach. Carlota sagte zu mir, ich sei ihr schon während des Besuchs in Abu Simbel aufgefallen.

»Du erinnerst mich an Anubis. Ich habe kein Auge von dir gelassen: Du schenkst den Geschichten von Anubis immer mehr Aufmerksamkeit als den anderen.«

Carlota hätte die Ophelia aus einem Traum von einer botticellihaften Ertrunkenen sein können: in einem Kleid, bestückt mit leuchtenden und zugleich welken Blumen, im Gegensatz zur Blässe ihres ruhigen Gesichts, deren Farbe an den Frühling erinnerte. Luis wirkte an ihrer Seite als schöner Südländer, dunkel und markant, mit großen, schwarzen Augen, starkem Bartwuchs, das Haar ein wenig gelockt, ein wenig zerzaust. Von beiden jedoch ging die gleiche Gelassenheit aus, so als würden sie sich, gezwungen von einem unerbittlichen Projektor, in Zeitlupe bewegen. Ihre Bewegungen, die Anmut müder Helden, versuchten Pepa und Modolell zwar nachzuahmen, es gelang ihnen aber nicht. Modolell war muskulös gebaut und Pepa wie ein getauftes Stück Fleisch, ein träges Gewässer in Erwartung aller möglichen Schiffe. Carlota versuchte während der restlichen Ägyptenreise, mich an das Quartett zu binden und mir kleine gelbe Blumen ins Haar zu stecken, die sie an den Ufern des Nils fand; sie tat es behutsam wie jemand, der eine außergewöhnliche Blume richtig zur Geltung bringen will, vor allen anderen, vor allem vor Luis, der zustimmend seine großen Lider senkte, als würde er einem wunderbaren Schauspiel beiwohnen, das ihn bis ins Innerste seiner Seele berührte.

»Sie waren gute Freunde, sehr gute Freunde …«, stellt Inspektor Dávila bei sich fest, als wollte er mit dieser Feststellung sein Beileid aussprechen.

»Freundschaft ist unbezahlbar.«

Ohne die kleine Anubis-Statue zu beachten, fährt Dávila mit einem Finger über die üppigen Verzierungen meiner venezianischen Kandelaber. Ich fürchte, er könnte das Glas verschmutzen, bleibe aber in meinem Charles-Eames-Sessel sitzen, als ob mein Knochengerüst endlich eine glückliche Lage gefunden hätte und Dávilas Umhergehen im Zimmer mich nicht einmal neugierig machte.

»Waren Sie auch Geschäftspartner?«

»Eigentlich nicht. Aber sie waren alle eng miteinander verbunden und benötigten mich manchmal als Dekorateur oder als Innenausstatter. Vor allem Carlota, die einen Antiquitätenladen hatte, und Modolell, der Architekt ist.«

»Sehr schön.«

Dávila nickt bestätigend, während er den Kopf in den Nacken wirft, um mit einem schnellen Blick die gesamte Einrichtung meines Wohnzimmers zu erfassen.

»Man merkt, daß Sie Geschmack und Geld haben.«

Ihm fällt auf, daß er mich beleidigt haben könnte, und er verbessert sich: »Aber nur mit Geld allein läßt es sich nicht so einrichten. Und auch nicht reisen, wie Sie alle gereist sind. Reisen ist eine Kunst. Wissen Sie, wohin ich fahren würde, wenn ich im Lotto gewinnen würde?«

Ich strahle ihn an wie ein Kind, das auf eine riesengroße Überraschung hofft.

»Nach Burma.«

Jetzt gebe ich mich heiter und überrascht.

»Nach Burma, ja nach Burma. Und das alles wegen eines Films, den ich als Junge gesehen habe. Sie dürften mehr oder weniger mein Jahrgang sein. Erinnern Sie sich nicht an *Der Held von Burma* mit Errol Flynn?«

Ich erinnere mich an ihn als einen Film voller Heldentaten und Moskitos, Moskitos, die genau so grausam waren wie die in Murano auf Carlotas bleicher Haut.

»Kauf dir dieses Schachspiel, es ist wunderschön.«

Es handelte sich um ein riesiges Schachbrett aus Glas, das man als Tisch hätte benutzen können. Eine Million

Peseten kostete es und war bereits verkauft, binnen eines halben Jahres jedoch könnten sie ein ähnliches anfertigen. Carlota malte sich Schachpartien zwischen den Vieren aus, zwei gegen zwei und ich als Schiedsrichter, eine Rolle, die sie mir bei sämtlichen Treffen des Quartetts zugeteilt hatten; ich sollte Spiegel ihrer Wortspiele und Gesten sein. Manchmal wollten Carlota oder Pepa, vor allem Carlota, daß ich sie beim Einkaufen begleitete.

»Nicht zu glauben, daß du ein Einzelkind bist. Es scheint, als wärst du mit Mädchen großgeworden. Du weißt ganz genau, was einer Frau gut stehen könnte.«

Carlota kaufte gern alte Kleider und Theaterkostüme, und sie war vor Freude zu Tränen gerührt, als ich eines Tages die gesamte Ausstattung der Hauptdarstellerin in *Der Kirschgarten* für sie erstanden hatte.

»Ich finde die Kleider bezaubernd, die schwangere Bürgerfrauen Ende des 19. Jahrhunderts getragen haben.«

Pepa versuchte ihre eigene Unverwechselbarkeit herauszustreichen, und da sie nicht Carlotas postromantische Ader besaß, übertrieb sie krampfhaft ihr Verlangen nach klassisch geschnittenen Kleidungsstücken. Sie fand Gefallen daran, ihr rechtes Bein und die rosigen Brüste ihrer üppigen, rothaarigen Gestalt zur Schau zu stellen, und nie, niemals würde sie sich nach meinem treffsicheren Geschmack kleiden: wie eine nordamerikanische Hure, die gerade auf einem Marinestützpunkt in Polynesien eingetroffen ist.

»Du hast eine Haut wie Deborah Kerr, aber rundere Formen. Anstatt dich als Isadora Duncan zu verkleiden, solltest du dich lieber wie Rita Hayworth in *Pacific Belle* anziehen.«

Sie beachtete meinen Rat gerade genug, um ihn nicht ganz zu übergehen.

»Modolell ist, auch wenn es nicht so aussieht, sehr eifersüchtig.«

Es ärgerte mich, daß sie ihren Mann Modolell nannte, denn das war nicht das Ergebnis einer naiven gefühlsmäßigen Distanzierung, sondern der raffinierte, gekünstelte Dreh einer oberflächlichen Frau, die einen distanzierten Eindruck erwecken will.

»Sie leben ganz allein in diesem großen Haus?«

Dávila redete mit mir, ohne mich anzusehen, scheinbar noch in die Miniaturausgaben vertieft, die ich in einem besonderen, verglasten Bücherschrank sammelte.

»Jeden Morgen kommt eine Haushaltshilfe und mein Sekretär und Buchhalter fast jeden Nachmittag.«

»Sie wissen nicht, wie ich Sie beneide. Nicht immer, nicht immer ... Aber manchmal ist die Unabhängigkeit eines Junggesellen nicht mit Gold aufzuwiegen. Sie haben mir gesagt, daß Sie allein leben, seitdem Ihre Frau Mutter gestorben ist.«

Das habe ich ihm nicht gesagt, aber er weiß es.

»Eine in der Stadt hochangesehene Frau.«

Bis zu ihrer Krankheit erinnere ich mich an meine Mutter wie an eine Frau, die sich bei sämtlichen Sammlungen zum Kampf gegen den Krebs oder auch zu allen Stadtfesten fotografieren ließ. Dann wurde sie gebrechlich und verbittert und tyrannisierte mich mit ihrer Schwäche.

»Eine Mutter ist eine Mutter. Es gibt etwas Unzerstörbares, das Kinder an ihre Mutter bindet. Die Nabelschnur, sage ich. Mitunter betrachte ich meine Kinder und meine Frau und sage mir, daß ich zuviel bin. Ich weiß, daß sie mich auch lieben, aber es ist nicht das gleiche. Stimmt's?«

»Es ist nicht das gleiche.«

»Nein, es ist nicht das gleiche. Welchem Umstand schreiben Sie es zu, daß Ihre Freunde keine Kinder hatten? Ist doch merkwürdig. Weder das eine noch das andere Paar.«

Vermutlich dem Umstand, daß sie Egoisten waren, denke ich, sage aber: »Sie waren sehr intelligent.«

Dávila lacht: »Eins zu null ... eins zu null ... sehr gut. Sehr gut. Jawohl. Kinder entschädigen einen, aber entschädigt sie das Leben, das wir ihnen schenken? Manchmal kommt mir ein Schrei aus, die Hand aber nie, nein, ich habe meine Kinder nie geschlagen, und dann geht es mir elend und ich sage mir: Diese Geschöpfe sind durch deine Schuld auf der Welt, sie haben nicht darum gebeten, geboren zu werden ... Ich weiß, der Gedanke ist sehr seltsam, nicht besonders väterlich, glaube ich. Aber ich habe ihn oft, und dann befällt mich großes Mitleid und Kummer.«

… Dávila ist wirklich traurig geworden.

»Solange man sie beschützen kann, geht alles gut. Aber der Augenblick, in dem sie von zu Hause weggehen, muß sehr traurig sein; wenn sie ihr eigenes Leben leben und sich Leuten ausliefern, die es nicht gut mit ihnen meinen. Manchmal stelle ich mir vor, wie meine Kinder alt werden, und immer stelle ich sie mir hilflos und um Almosen bettelnd vor oder dergleichen. Dann würde ich am liebsten mit dem Kopf gegen die Wand rennen.«

Carlota mochte weder das Alter noch die Alten. Sie flößten ihr Angst ein, genauso wie das Thema Tod. Einmal kam Pepa darauf zu sprechen, weil sie eine gute Freundin durch Krebs verloren hatte. Carlotas Botticelli-Körper verkrampfte sich, bis sie es nicht mehr aushielt, Pepa das Wort abschnitt und ihr Abartigkeit vorwarf.

»Sie ist gestorben und fertig. Schlimm genug. Laß es doch gut sein. Ich begreife nicht, warum du so darauf herumreitest.«

»Den Tod gibt es nun mal«, hielt Pepa stur und bestimmt dagegen, und Carlota lief mit Tränen in den Augen aus dem Zimmer. Luis ging ihr nach, um sie zu trösten, während Modolell seine Frau zurechtwies: »Carlota ist sehr sensibel. Du hättest nicht so schonungslos sein dürfen.«

»Ich bin auch sehr sensibel, und Menchus Tod hat mich getroffen.«

»Es gibt Menschen, die die Unabwendbarkeit des Todes

nicht ertragen können«, sagte er, und Pepa zuckte die Achseln. Modolell war wütend und betrübt. Er spazierte wie ein Märchenprinz, groß und blond, im Wohnzimmer auf und ab, fuhr sich mit seinen langen und fast durchsichtigen Händen hin und wieder durch den hellen Haarschopf, der schimmerte wie flüssiges Gold. Immer wenn Modolell einen Raum betrat, gleich welchen und gleich wo, zog er sofort alle Blicke auf sich: Zunächst auf seine blonden, engelhaften Locken, dann auf seine beeindruckende Figur – er glich einem griechischen Athleten, seine Muskeln ließen sich unter der weiten, erlesenen Kleidung von Giorgio Armani erahnen. Sich in seiner Nähe zu befinden heißt, die Ausstrahlung eines besonderen Wesens zu atmen: Das kann ich behaupten, weil ich ihn durch die langen Stunden gemeinsamer Arbeit kennengelernt habe, als wir die Innenausstattung von über zehn Objekten zu bestimmen hatten; am intensivsten aber erinnere ich mich an unsere erste Zusammenarbeit, aus der mein meistgerühmtes Werk hervorging: die Gestaltung eines Teesalons in Ibiza, eine wunderbare, verrückte und freie Arbeit, bei der es mir gelang, eine vollkommene Verschmelzung von Innen und Außen zu erreichen, indem ich den Raum und die Terrasse mit einer Glaskuppel überdachte, die wie eine leicht getönte, dreifarbige Laterne aussah. Modolells Körper verströmte Energie, und wenn er mich ansah, konnte ich dem Wechselspiel seiner Augen zwischen Blau und Grau nicht widerstehen, dem Blau des griechischen Meeres, dem schimmernden Grau einer diesigen Abenddämmerung nach einer gewonnenen Seeschlacht.

»Ob sich Carlotas Eltern wohl das Ende ihrer Tochter so hätten träumen lassen? Ein so grausames Ende.«

Den Tod im Wasser gefunden, wie Ophelia. »... Und dann erwachen die Sirenen, und wir ertrinken«, kam mir ein Zitat von Eliot in den Sinn, das mich immer wieder erschauern ließ.

»Ein Verbrechen, Señor Ventós, ein Verbrechen.«

Das Wort Verbrechen war neu, und mein Knochengerüst richtete sich wieder in meinem Körper ein, so daß ich die nötige Spannkraft aufbrachte, die dieses Wort aus Dávilas Mund hervorrufen mußte.

»Ein Verbrechen?«

»Ein Verbrechen.«

Blitzartig überschlug ich, wieviel ich über Carlotas Tod wissen konnte. Meine Gespräche mit Luis, Pepa und Modolell, was in den Zeitungen gestanden hatte, nicht viel, aber genug, um daraus zu folgern, daß Carlota Ciurana im Teich eines Landguts ertrunken war, das ihren Eltern gehörte und ein paar Kilometer außerhalb von Lérida lag, ein unseliger Unfall, dessen Auslöser ein Schwindelanfall aufgrund der Schwangerschaft gewesen sein mochte, die bei der Autopsie der Leiche ans Licht gekommen war. Ich hatte im Geist eine knappe, herkömmliche Kurznachricht verfaßt, und von dieser rührte die Bestürzung, die sich auf meinem Gesicht und meinem Körper spiegelte.

»Ein Verbrechen, Señor Ventós, jawohl, ein Verbrechen. Die Ergebnisse des Gerichtsmediziners sind eindeutig.«

»Wer kann jemanden in einem Teich auf einem voll bewirtschafteten Gut umbringen?«

»Kennen Sie Can Ciurana?«

Ich war ein paarmal auf Einladung Carlotas und ihres Mannes dort gewesen. Sie fuhren gelegentlich hin. Ein sehr schöner Flecken Erde, ein bißchen heruntergekommen, was die Wohngebäude angeht, aber voll bewirtschaftet.

»Jeder Flecken Erde ist schlecht zum Sterben, Señor Ventós. Aber vermutlich starb Ihre Freundin gar nicht im Teich. Die Autopsie hat ergeben, daß sie zwar ertrank, aber nicht im Teich. Das Wasser in den Lungen ist seifig, Wasser aus einer Badewanne, Señor Ventós. Carlota wurde in einer Badewanne ertränkt und dann zum Teich geschafft.«

»Weiß Luis das?«

»Er weiß es. Und morgen steht es in allen Zeitungen.«

Mein erster Gedanke war, was ich Luis sagen sollte, wenn ich ihn träfe. Im Falle einer Begegnung mit Pepa und Modolell war es einfach: wechselseitige Verblüffung. Aber Luis Auge in Auge gegenüberzutreten war schwieriger. Zum Gefühl des Schmerzes, das wir in den Stunden nach der Tragödie geteilt hatten, mußte sich jetzt das des empörten Erstaunens gesellen.

»Wer konnte etwas so Bestialisches tun?«

»Ich habe schon Schlimmeres erlebt. Mein Beruf bringt es mit sich, sich über beinahe gar nichts zu wundern. Wußten Sie, daß Ihre Freundin schwanger war?«

»Nein.«

»Merkwürdig, ihr Mann auch nicht.«

»Vielleicht war ihre Schwangerschaft noch in einem frühen Stadium.«

»Sie war im vierten Monat. Was fällt Ihnen zu diesen drei Fakten ein: Sie ertrank nicht im Teich, sie war im vierten Monat schwanger, und der Ehemann wußte es nicht?«

Der Schein trügt, er ist aber das Solideste, was es gibt. Der Schein ist die Wirklichkeit, und über ihn hinauszugehen, erfordert eine Anstrengung, die fast niemand nötig hat, die fast immer Tatsachen bloßlegt, die schlimmer sind als der sie ersetzende Schein. Das weiß ich aus eigener Erfahrung. In den Jahren, in denen ich den Besitz der grundlegenden Wahrheit des Lebens und der Geschichte erlangen wollte oder ihn erlangen zu wollen glaubte, entdeckte ich, daß jede meiner Erkundungsreisen an Ausgangspunkte von grundlegenden Übeln führte, und alle zusammen zu einem wesentlichen Urübel: der Grausamkeit zu leben. Es gibt kein Leben ohne Grausamkeit, und es gibt keine Geschichte ohne Grausamkeit. Mich hatte einmal unter anderem die Idee begeistert, das Leben zu ändern, wie es Rimbaud forderte, und die Geschichte zu ändern, wie es

Marx forderte, und am Ende meiner Geistes- und Bildungsreise entdeckte ich den unaufhörlichen Motor der Grausamkeit, der beide Vorschläge gleichermaßen rechtfertigt. Am besten, man findet sich mit dem Schein der Wirklichkeit ab und sucht sich seine vergnüglichsten und schönsten Facetten aus. An der inneren Hölle hat man schon genug, diesem intimen Treibsand, wo Gewissensbisse und Unsicherheiten dein eigenes Wesen verschlingen. Könnte man bloß die Fähigkeit, in sich selbst hineinzuschauen, abstellen! Ich glaubte, meinen Freunden sei dies gelungen, und darum bewunderte ich sie von dem Augenblick an, als ich sie kennenlernte: Sie lebten, als gehörte ihnen das Leben auf natürliche Weise und als harrten Dinge und Mensch immer nur ihrer Gesten. Zwischen einem Wunsch von ihnen und seiner Erfüllung lagen kaum Zeit und Raum. Ihre Augen und ihre Hände waren wie Magnete, derer sie sich mit der gesamten Wirklichkeit ihres Scheins bedienten. Daher war es zwecklos, sich zu fragen, was hinter ihrer äußeren Erscheinung, hinter dem, was sie zu sein vorgaben, steckte, und wenn mich einmal die Versuchung beschlich, nachzuforschen, wie ein Überbleibsel meiner früheren Analysierwut, entwaffnete mich sofort die fabelhafte Übereinstimmung zwischen dem, was sie sagten, und dem, was sie taten.

Es war zwar offensichtlich, daß Carlota die Rolle der ätherischen Dame innehatte, die den anderen die Wohltat ihrer Gegenwart zuteil werden ließ. Aber welches Interesse gab es, über das, was Komödie sein mochte, hinauszugehen? Und wenn es eine Komödie war, na und? Alle, die sie gekannt hatten, mußte ihr rätselhaftes Ende durch ein Verbrechen zwangsläufig überraschen, obwohl sich gleichzeitig niemand vorstellen konnte, daß sie den sichtbaren Verfall ihres Körpers zur Gänze ertragen hätte; leichte Erschlaffungserscheinungen ließen sich bereits erahnen, die sie durch vier Stunden tägliches körperliches Training im Fitneßstudio Iradier bekämpfte. Die vier waren zehn Jahre jünger als ich und streckten ihre makellosen Gesichter dem Ernst der Vierzig entgegen, einem Alter, in dem jeder bereits für sein Gesicht selbst verantwortlich ist; und obwohl sie über die Anzeichen ihrer schon spürbaren Reife witzelten, trösteten sie sich durch den wohltuenden Vergleich mit mir. Vermutlich verwende ich genauso viel Zeit darauf wie die unglückliche Carlota, das Unvermeidliche hinauszuzögern, aber jedenfalls machten sich die zehn Jahre Altersunterschied allmählich bemerkbar, obwohl ich hoffte, daß wir in zehn Jahren, wenn sie und ich ohne Wiederkehr jenseits der Fünfzig stünden, durch die gleiche Vorahnung der Katastrophe geeint und gezeichnet wären. In der Tat hatte Carlota mit den Merkmalen der Alterslosigkeit ihren eigenen Typ geschaffen. Es gelang ihr, jene reife Jugendliche zu verkörpern, die sich niemand auch nur vorzustellen vermochte: für immer diese Aura der Abwesenden ohne zeitliches Muskelgefüge, für immer diese Schwerelosigkeit des Knochengerüsts, das kein Gewicht aushalten muß, für immer diese Schlichtheit der Meinungen, die einem Gehirn entspringen, das keinerlei Ecken oder Schwielen kennt. Es war sogar folgerichtiger, zu dem Schluß zu gelangen, daß nicht einmal Carlota selbst wußte, daß sie in anderen Umständen war, als anzunehmen, sie hätte es verbergen wollen. Warum? Vor wem? Wozu? Dávila mochte sich den Kopf mit Vermutungen zerbrechen, aber denjenigen, die Carlota kannten, würde klar sein, daß auf diese Fragen nur schwerlich Antworten zu finden waren.

»... Es geht mir nicht in den Kopf.«

»Alles geht in den Kopf, Señor Ventós.«

Dávila ließ abermals seinen Blick über alle Gegenstände im Zimmer schweifen, nur den Anubis klammerte er aus. Den wollte er nicht betrachten.

»In einen Kopf paßt alles, was in diesem Zimmer ist und in weiteren tausend Zimmern wie diesem. Zum Teil bin ich auch gekommen, um Sie um Rat zu fragen. Sie waren ein Freund, ein sehr guter Freund der Verstorbenen, ihres Gatten und auch des Ehepaars Modolell. Wo immer ich nachgefragt habe, sind Sie als Mitglied dieser sehr eng verbundenen Gruppe aufgetaucht.«

»Sie bildeten beinahe ein perfektes, in sich geschlossenes Quartett. Sie genügten sich selbst. Sie ergänzten sich. Es geschieht häufig, daß Quartette nicht wirklich Quartette sind. Genausowenig wie Trios. Stimmt es etwa nicht, daß die drei Musketiere in Wahrheit vier waren? Sie waren, soweit ich das mitbekommen habe, in Wirklichkeit ein Quintett.«

»Sie kannten sich seit zwanzig Jahren. Ich bin später dazugestoßen.«

»Sie waren aber älter und konnten sie wie ein Zuschauer betrachten.«

»Gewiß. Darin lag zum Teil der Reiz unserer Beziehung. Für mich waren sie junge Leute, die mir die Rolle des Schiedsrichters, des *Seniors* einräumten.«

»Wie Sie sehen, habe ich mich nicht geirrt. Genau auf diese Ihre Rolle als vertrauter Freund, gleichzeitig aber als distanzierter Beobachter, möchte ich zu sprechen kommen. Was können Sie mir von diesem Blickwinkel aus sagen, nachdem Sie nun wissen, was tatsächlich geschehen ist?«

»Es ist einfach undenkbar.«

Dávilas Miene verriet Erstaunen, vielleicht sogar Verärgerung.

»Das Offensichtliche soll undenkbar sein? Ihre Freundin ist ertrunken, und das nicht freiwillig. Außerdem war sie schwanger, und ihr Mann wußte es nicht. Wenn Sie mir angesichts dieser Annahmen vor zwei Wochen gesagt hätten, es sei ›undenkbar‹, wäre mir das logisch erschienen. Mittlerweile handelt es sich aber nicht mehr um Annahmen. Es sind Tatsachen. Nicht möglich, sondern wirklich.«

»Ich wiederhole, es ist undenkbar. Wenn Sie Carlota und Luis gekannt hätten, dann wüßten Sie, wovon ich spreche.«

»Und was die anderen beiden angeht?«

»Was haben denn die damit zu tun?«

»Warum hätte ich es verstanden, wenn ich sie gekannt hätte?«

»Ich hatte einmal mit einer Frau zu tun und dachte: Sie sieht so aus, als wäre sie mehrmals beim Trampen auf irgendeiner Autobahn vergewaltigt worden. Dann erfuhr ich, daß sie beim Trampen mindestens dreimal vergewaltigt worden war. Verstehen Sie? So war Carlota, und die Beziehung zu ihrem Ehemann stand in so engem Einklang mit ihrer Wesensart, daß die Ergebnisse der Autopsie schlichtweg unmöglich sind.«

»Es ist mir entweder nicht gegeben, Ihrem feinsinnigen Verstand zu folgen, oder aber Ihren Sinn für Humor zu teilen. Wie soll ich also Ihre Aussage verstehen?«

Es wäre entweder übertrieben klug oder zu humorvoll gewesen, ihm zu antworten. Ich schwieg und er deutete mein Schweigen richtig. Er hatte mich geschlagen und überzeugt. Jetzt war für ihn der Zeitpunkt gekommen, sich nicht mehr länger der Betrachtung meiner Einrichtungsgegenstände zu widmen, sondern mich direkt mit der Wucht einer Zeitungsschlagzeile zu konfrontieren.

»Ich habe den Ehemann festnehmen lassen.«

Nun war es angebracht, einen gewissen Rest an Überraschungsfähigkeit an den Tag zu legen, allerdings nicht zuviel. Mir war bewußt, daß mich noch ein Untertitel erwartete.

»Außerdem müssen alle, die irgendwie in den Mord verwickelt sein könnten, ein Alibi vorweisen.«

Ich ließ mir noch mehr Überraschung ansehen und hob mir die Geste des Erstaunens, das heißt ein plötzliches und übertriebenes Hochziehen der Augenbrauen, für später auf, während sich meine Hände an die Armlehnen des Charles-Eames-Sessels klammerten, damit ich die nötige Schubkraft erlangte, um »wie eine Sprungfeder vorzuschnellen« und auf seine letzte Bemerkung zu antworten.

»Was haben Sie am frühen Abend des 16. Juli gemacht? Genaugenommen zwischen fünf und neun?«

Ich bin nicht der, der ich zu sein scheine, Carlota sah in mir die Reinkarnation des Anubis, des Gottes der Einbalsamierung, des Einbalsamierers von Osiris, doch ich weiß, daß ich in Wahrheit Osiris bin, der über den Tod triumphiert, da er sich zum Herrscher über die Hölle macht. Deshalb verzichtete ich auf weitere Zeichen der durch heftige Faustschläge auf das Sonnengeflecht des Gewissens ausgelösten Überraschung, da ich in einem Winkel meines Gehirns die von Dávila verlangte Antwort gut verwahrt wußte. Also: Was tat ich am 16. Juli zwischen fünf Uhr nachmittags und neun Uhr abends?

2

Aus irgendeiner Schublade, aus welcher weiß ich nicht mehr, zog ich mein altes Anwaltsdiplom, um derart, mit dem Papier eines Hilfsverteidigers ausgestattet, mit Luis in Verbindung zu treten. Ich überprüfte meine Beweggründe. Sie waren nicht wirklich selbstlos. Ich tat es nicht aus Solidarität, sondern völlig mechanisch, wie man zu Taufen, Begräbnissen und so mancher Totenwache geht: In der Sorge, deine Abwesenheit könnte viel eher bemerkt werden als deine Anwesenheit. Der Anblick eines tatsächlich oder vorgetäuscht zerstörten Luis war vorherzusehen, und so war es auch: Er hatte, zusammengekrampft und von Selbstmitleid geplagt, seine Feinsinnigkeit eingebüßt, was mich dazu veranlaßte, den liebevollen Erlöser zu mimen, auch wenn mich die Situation befremdete und von Luis fernhielt, der wie ein verschlissener Hampelmann am Tisch im Besucherzimmer für Strafrichter saß. Nichts klärte sich. Weder Carlotas Tod, noch ihr Zustand schlechter Hoffnung, noch das, was er damit zu tun haben konnte. Weder Güte noch Schlechtigkeit ließen sich Carlota andichten, und nichts am Vorgefallenen.

»Nehmen wir einmal an, daß das Kind von einem anderen Mann war.«

Das war es.

»Was hätte es ihr ausmachen können, es mir zu sagen? Hätte sie sich etwa vor meiner Reaktion fürchten sollen? War unsere Beziehung denn so mies, daß ich eine solche Untat hätte begehen können?«

»Vielleicht dachte sie, das ganze wäre ausschließlich ihre Angelegenheit.«

»Bis zu welchem Zeitpunkt sollte es ausschließlich ihre Angelegenheit sein? Das ergibt keinen Sinn.«

Der Vorfall ergab zwar keinen Sinn, aber Luis verfügte über kein Alibi. Er arbeitete bei Carlota in ihrem Antiquitätengeschäft, und er hatte die fraglichen Stunden damit zugebracht, Rechnungen durchzusehen und eine Reise nach London vorzubereiten, wo er bei einer Versteigerung englische Antiquitäten erstehen wollte. Eine einsame Arbeit ohne Zeugen, obwohl er seine Rechtfertigung mit weitschweifigen Details ausschmückte, was er getan, gedacht, getrunken, überlegt hatte. Es waren keine Tatsachen, da sie niemand gesehen hatte. Ich war so taktvoll, nicht mit meinem eigenen Alibi zu prahlen, fand es aber angebracht, es ihm gegenüber zu erwähnen.

»Selbst von mir wurde ein Alibi verlangt. Ich verbrachte den ganzen Nachmittag mit meinem Sekretär und Buchhalter viele Kilometer von Can Ciurana entfernt.«

»Da hast du es.«

Ich weiß nicht, worauf er mit seiner kurzen Bemerkung

anspielte, ob auf die Übertreibung, daß selbst ich ein Alibi anführen mußte, oder auf mein Glück, ein solches zu besitzen. Luis roch nach Gefängnis, auch wenn er nach außen hin nichts von seiner makellosen Schönheit eingebüßt hatte.

»Brauchst du etwas?«

»Ich muß raus, hier komm' ich um. Man hat meine vorläufige Freilassung gegen Kaution beantragt. Was ist bloß passiert? Alles war in Ordnung, und plötzlich ging es bergab.«

Mit ihm war es tatsächlich bergab gegangen. Er hatte nur noch wenig mit dem lächelnden Ehemann gemeinsam, der sich stets in einem angebrachten Abstand hinter Carlota hielt, als erwarte er, etwas aufzuheben, das sie fallen lassen könnte, wobei sein zufriedener Gesichtsausdruck nichts davon verriet. Carlota und Pepa waren Hauptdarstellerinnen in allen Lebenslagen, Luis ein Spieler, der auf einen Abpraller wartete, und Modolell ziemlich anteilslos, obwohl er auf seltsame, von mir erst spät entdeckte Weise ebenso in die Situation verstrickt war. Mit der Zeit begriff ich, daß Modolell in einer steten Unsicherheit schwebte und seine Abhängigkeit von den anderen ihn von seinem Schwindelgefühl befreite. Die Geschichte jedes einzelnen war gleichzeitig die Geschichte der vier. Sie hatten sich an der Universität kennengelernt, Pepa und Carlota studierten Kunst, Modolell Architektur und Luis, ein Sohn wohlhabender Eltern, der mit dem Rückhalt der väterlichen Mittel Geschäfte treiben wollte, von allem ein bißchen. Sie verband der Mangel an Grundsätzen und Zielen und dank ihrer Bildung das Wissen um beinahe alle möglichen Grundsätze und Ziele. Sie waren demnach Schmarotzer und nur Modolell sah sich gezwungen, im Architekturbüro seines Vaters mitzuarbeiten. Vielleicht übertrugen sie deshalb ihr ganzes Streben, ihre ganze Notwendigkeit, etwas zu tun, auf sich selbst und auf das alltägliche Leben, eine narzißtische Übung, die sie schön machte, kultiviert und sonderbar, frei von jeglichem Drang, diese Übung über ihre Quartettsituation hinauszutragen.

Ich war in dem Moment zu ihnen gestoßen, als sie im Gegenzug zum vermeintlichen Vergnügen, mit ihrer Gesellschaft und Aufmerksamkeit beehrt zu werden, ein wenig bedingungsloses Publikum benötigten. Sie waren auf entspannte und ausgleichende Weise oberflächlich, keineswegs geneigt, sich selbst oder aber mich einzuschätzen, und bezogen gegen alles, was sie gewöhnlich fanden, Position, in der Kunst ebenso wie in der Politik, beim Kochen oder bei der Kleidung, aber ohne besonderen Nachdruck. Nichts jedoch hätte bei ihnen auf die Ungeheuerlichkeit eines Verbrechens hingedeutet, nicht einmal bei Pepa, die am unbeherrschtesten war. Es sei denn, bei der Vorgeschichte von Luis, die sich fern vom Quartett abgespielt hatte, würden Sachverhalte auftauchen, die gewisse Schlüsse zuließen. Soweit ich wußte, hatte sich Luis in der Werbebranche versucht und war drauf und dran gewesen, die Tochter eines Geschäftspartners seines Vaters zu heiraten; außerdem hatte er den väterlichen Rat in Erwägung gezogen, in jener Zeit des Übergangs in die Politik einzusteigen, im nach der Mehrheit strebenden konservativen Lager. Eine Investition im politischen Bereich, die früher oder später den familiären Interessen zugute kommen sollte. Luis war weder für die Werbung noch für die Ehe mit jener meisterlichen jungen Bridge-Spielerin gemacht, und ebensowenig dafür, den jungen Löwen bei den Konservativen in der damaligen Regierung abzugeben. Mit der angeborenen Laxheit des reichen Dilettanten war es ihm möglich, nichts zu tun oder zu reisen, bis er Carlota traf, die er heiratete, damit sie beide ihre großzügige Mitgift erhielten, und nicht etwa, weil ihnen die Ehe als Institution wichtig erschien. Manchmal erlaubten sie sich Scherze über den Tag ihrer Hochzeit, über die Berichterstattung in der Regenbogenpresse und ihre tadellose Darbietung, bevor sie in die Flitterwochen fuhren, wo sie wieder zu ihrem ursprünglichen Leben zurückfanden. Sie bewegten sich in einem abgesteckten sozialen Umfeld, von dem sie gelegentlich einen Scheck als ersten finanziellen Rückhalt für ihr Antiquitätengeschäft erwarten konnten und später einmal eine reichliche Erbschaft, die es ihnen ermöglichen würde, weiterhin, bis ans Ende ihrer

Tage, so zu sein wie bisher, will heißen, auf wichtige Art und Weise niemand, gewissermaßen nichts. Und unter diesen Voraussetzungen lebten sie ohne schlechtes Gewissen. Sie waren zehn Jahre jünger als ich und schlugen sich nicht mit irgendwelchen Schuldkomplexen herum, ja nicht einmal die beleidigende Ästhetik oder Ethik des Frankismus hatte sie dazu gebracht, Stellung zu beziehen. Der Frankismus war für sie nichts weiter als der letzte Rest eines von einem Tattergreis angeführten Hexensabbats, der sie zu keinerlei Standpunkt zur Geschichte zwang, und die Kultur konturlos und vorgegeben, so daß man nichts beweisen oder aufs Spiel setzen mußte. Nur selten war ich versucht, sie aufzurütteln, ihnen dabei zu helfen, sich selbst mit meinen Augen betrachten zu können. Ich stammte eigentlich aus demselben sozialen und wirtschaftlichen Umfeld, aber die Geschichte hatte mich in der Vergangenheit zu einem wenn auch unspektakulären politischen Engagement bewogen, und für eine Weile betrachtete ich die Kultur durch einen Filter, der mir half, Gutes oder Schlechtes danach auszuwählen, ob es progressiv war oder nicht. Das war nicht ihr Fall. Ich könnte sogar behaupten, sie gehörten eben einer anderen Generation an, auch wenn ich ihnen keineswegs eine so wichtige Rolle geben wollte, denn irgendwie waren sie untypisch. Sie waren in ihrer Grundhaltung übertrieben postmodern, klischeehaft postmodern. Als hätten sie es studiert, als wären sie in einem

Labor der Postmoderne an einem technologischen Institut in Massachussetts programmiert worden.

»Und was soll man zum unerschütterlichen Kampf der algerischen Kommunisten sagen?«

Immer wenn mir dieses unbewußte Leitmotiv entschlüpfte, erriet ich in ihren Blicken die Ironie von jungen, zwecklosen Gelehrten, die mich wieder einmal bei einem meiner archäologischen Ausrutscher ertappt hatten. Weder die einzelnen Worte noch der gesamte Satz wollte ihnen etwas sagen. »Unerschütterlich.« Gibt es denn irgend etwas Unerschütterliches? »Kampf.« Wofür lohnt es sich zu kämpfen? »Kommunisten«, ein völlig veraltetes Wort, ungefähr so überholt wie Spülbeckenverzinner oder Bänkelliedsänger. Und »Algerier« war für sie eine willkürliche und unnachweisbare Herkunftsbezeichnung, man hätte ebensogut Zamoraner oder Ugander sagen können, denn in ihrer Erinnerung fehlte jegliche Heldenepik der FLN (Nationale Befreiungsfront), die meine empfindsame Jugend erschüttert hatte. Trotzdem waren Gespräche zwischen uns fünf möglich und für mich unentbehrlich, um mit meinen eigenen geistigen Abfällen aufzuräumen.

Dennoch hatte sich die Situation verändert. Wir bildeten kein *déjeuner sur l'herbe* mehr, sondern ein Gemälde, in das eine dramatische, etwas obszöne und vulgäre Handlung eingedrungen war: nichts weniger als ein Verbrechen. Als ich mich mit Modolell und Pepa traf, bevor Modolell festgenommen wurde, befürchtete ich, es könnte uns schwerfallen, angepaßt an die Lage anders miteinander zu sprechen und zu empfinden, doch verfügten wir über kulturelle Patrimonien, die sich auswechseln ließen, und so war es uns möglich, auf die üblichen Regeln zu verzichten und *ad hoc* Meinungen und Vermutungen auszutauschen.

»Es will mir einfach nicht in den Kopf, daß Luis ein Mörder sein soll.«

»Carlota hat ihren Zustand aus Stolz verheimlicht.«

»Ich habe schon vermutet, daß Carlota nicht die war, die sie zu sein schien.«

»Die Beweise gegen Luis sind so unhaltbar, daß sie ihn bald wieder freilassen werden müssen.«

Und so weiter und so fort. Pepa führte das Wort, und Modolell griff nur selten ein, obwohl er das Berührendste und Interessanteste anmerkte: »Wenn sie ihn freilassen, wird es unmöglich sein, die Gruppe erneut zusammenzufügen.«

So etwas wie Entsetzen bemächtigte sich Pepas Gesichtszügen, dieser zu fleischigen Gesichtszüge, die angeblich auf ihre Vitalität zurückzuführen, in erster Linie aber die äußere Erscheinungsform einer mangelhaften Anatomie waren, obwohl Pepa im allgemeinen, wenn man nicht näher hinsah, durchaus als hübsch bezeichnet werden konnte. Es bedurfte schon einer besonderen kritikfähigen

Netzhaut, um den halben Zentimeter überschüssigen Fettgewebes wahrzunehmen, angefangen bei diesem beinahe schattenlosen Gesicht bis hin zu dem gutgepolsterten Frauenkörper, der von Huxley entworfen zu sein schien, aus einem Rest von menschlichem Fleisch, das ihm beim Verfassen von *Schöne neue Welt* übriggeblieben war.

Gegen ihre insgesamt schöne Erscheinung fielen allerdings die Hüften ab; sie waren am oberen Ende zu stark geschwungen, wie dafür gemacht, die Arme wie Henkel abzustützen. Und wenn sie sich bewegte, ging zuviel Bewegung, zuviel Sinnlichkeit von ihrem Körper aus, obwohl sie versuchte, wie ein Mann auszuschreiten, um das Gewoge ihres obszönen Fleisches zu verbergen. Ohne jemals darüber nachgedacht zu haben, was Modolell wohl an Pepa fand, entdeckte ich schon einige Monate nachdem ich sie kennengelernt hatte, daß Pepa ihn davor bewahrte, sich mit sich selbst auseinanderzusetzen. Sie war wie eine Welle der Sexualität, in der er Zuflucht suchte, um nicht feststellen zu müssen, daß er im Leeren schwamm.

»Ich kann mir die Plumpheit dieses toten Körpers im Wasser nicht vorstellen.«

Sie wollte etwas Geistreiches sagen und hatte eine Dummheit von sich gegeben. Der Leichnam Carlotas konnte alles sein, nur nicht plump, und ihn sich so vorzustellen war ein Beweis der falschen Freundschaftsbande zwischen diesen beiden Frauen. Zweifellos hatte Carlota wie die Ophelia von Everett Millais ausgesehen. Weniger als eine Ertrunkene, mehr wie eine überraschte Seele, der es gelingt, den Spiegel des Gewässers zu durchbrechen. Das präraffaelitische Genie verwandelte die aus dem Munde von Hamlets Mutter stammende wunderbare Beschreibung in ein nach Postromantik duftendes Gemälde:

»Es neigt sich eine Weide übern Bach,
Der zeigt im glasigen Strom ihr graues Laub;
Dort kam sie mit phantastischen Girlanden
Aus Nesseln, Hahnenfuß, Maßliebchen, Knabenkraut,
Dem purpurnen, das Hirten gröber nennen,
Doch unsre Mädchen nennens Totenfinger …
Dort hielt sie sich an Äste, ihre Kränze
Zu hängen dran. – Da brach ein tückischer Zweig,
Und nieder fiel ihr Unkrautschmuck und sie
Ins weinende Wasser. Ihr Gewand, gebreitet,
Hielt sie noch oben, Wasserjungfraun gleich,
Ein Weilchen, und sie sang aus alten Liedern,
Wie ohne Ahnung ihrer eignen Not,
Wie ein Geschöpf, geboren und geborgen
In diesem Element; doch lange konnts nicht sein;
Dann zogen ihre Kleider, schwergetrunken,
Das arme Ding von ihren Melodien fort
Zum schlammigen Tod.«

Everett hatte ein großartiges Modell für seine ertrunkene Ophelia, die Dichterin und Aquarellistin Elizabeth Siddal, mit kupferfarbenem Haar, durchscheinender Haut und feinen Gesichtszügen, wie sie manchmal englische Frauen besitzen, und die Botticelli fälschlicherweise seinen Florentinerinnen andichtete. Trotz seiner Sinnenlust erträumte sich Botticelli die Frauen, die er malte, und erträumte sie sich nordisch, aus diesen nordischen Gefilden, wo Fleisch noch Fleisch ist und Gesichtszüge noch Gesichtszüge sind, das heißt: England. Carlota hätte man als präraffaelitische Schönheit bezeichnen können, während Pepa einer Yankeehure der Zwischenkriegszeit glich. Und ich weiß, wovon ich spreche.

Modolell hatte die Bemerkung über das Ende des Quartetts aufgewühlt, und deshalb legten weder er noch Pepa besonders viel Mitgefühl mit dem Festgenommenen an den Tag. Der Augenblick, in dem er möglicherweise freigelassen werden konnte, erschreckte sie, und seine Vereinsamung schien die Zerstörung des Bildes zu verdeutlichen, wie es Witwer tun, wenn sie in die geregelte Atmosphäre alter Freundschaften zurückkehren. Früher oder später würde Luis seinem Schicksal ausgeliefert sein wie ein alter, versehrter Apachenkrieger, und Pepa setzte in der Erwartung, die Führungsstellung einnehmen zu können, um die sie Carlota immer beneidet hatte, vielleicht zuviel Hoffnungen in das Trio, das fortan sie, ihr Gatte und ich bilden sollten. Die Verteidiger von Luis teilten uns mit, daß es vor allem wichtig wäre, seine Freilassung auf Kaution zu erreichen, um so Zeit zu gewinnen und mit dem Mangel an Beweisen das fehlende Alibi wettzumachen. Eben darauf warteten wir, als ich einen Anruf von Inspektor Dávila erhielt, der mein Erscheinen in Begleitung meines Sekretärs und Buchhalters auf dem Kommissariat erwünschte. Ich hatte die Untersuchungen, was meinen Teil betraf, für abgeschlossen gehalten, doch erriet ich in Dávila ein Bedürfnis, herumzustöbern und den Spürhund hervorzukehren, der in der Absicht, den Verdächtigen einzukreisen, nur allzuoft selbst im Kreis lief. Mein Sekretär und Buchhalter Germán und ich erschienen also zum vereinbarten Termin, der zumindest für mich – und wie ich annehme, auch für Dávila – unter einem unbehaglichen Vorzeichen stattfand, da sich Germán sein Toupet nicht zurechtgerückt hatte und dieses zu schief saß, um es eindeutig als Toupet zu erkennen, gleichzeitig aber ebensowenig in der Mitte, um es nicht als solches wahrzunehmen. Germáns Verhältnis zu seinem Toupet brachte mich auf. Seit dem Tag, an dem er mich mit einer gewissen Erregung und sehr feuchten Augen gefragt hatte, ob es mich störte, wenn er ein Toupet trüge, ging mir dieser Anblick auf die Nerven. Mir war nicht bewußt, oder ich wollte es mir nicht eingestehen, daß mir sein Äußeres seit geraumer Zeit egal war und ich mich daran gewöhnt hatte, daß er sich wie ein Flickschneider anstrengte, um mit einem Trick die Haarpracht auf seine unmögliche Glatze zu zaubern. Germán glaubte, seine frühzeitige Kahlheit hätte unsere Beziehungen zerstört, wobei der Irrtum seiner Vermutung in der Frühzeitigkeit lag. Mit vierzig ist nichts mehr verfrüht. Mit vierzig sind wir alle für unser Aussehen verantwortlich, und ich bemerkte plötzlich, daß Germán wie ein Buchhalter, genaugenommen wie ein Sekretär und Buchhalter aussah, und versuchte ihm klarzumachen, daß diese und keine andere unsere Beziehung zueinander sein mußte. Germán hoffte auf einen wunderbaren Stimmungswechsel meinerseits und bescherte mir mit seiner Unterwürfigkeit, mit seiner schleimigen Art, meinen Wünschen zu entsprechen, das Gefühl, einen Sklaven zu haben; und nun stand dort vor Dávila dieser Sklave mit seinem verrutschten Haarteil und dem Lächeln einer blonden Unschuld in seinem bartlosen Gesicht, allzu bemüht, dem Inspektor zu gefallen. Seit unserem letzten Treffen hatte sich nichts verändert, doch Dávila hielt es für wichtig, daß wir uns an bislang noch nicht Erinnertes erinnerten.

»Strengen Sie sich alle beide an.«

Germán schaute angestrengt drein. Er besaß die Seele eines Sekretärs, obwohl er sich wie ein leitender Angestellter kleidete, und das nach zwanzig Jahren Anleitungen und Ratschlägen meinerseits mit gewissem Geschmack.

»Herr Inspektor, ich habe wirklich sehr wenig mit Carlota und ihrem Ehemann zu tun gehabt.«

Dávila horchte uns in der Hoffnung aus, Widersprüchlichkeiten aufzudecken. Ich wußte, daß er zu bluffen versuchte, und begegnete ihm mit dem freundlichen Gesicht eines Pokerspielers, der sich seines Gewinns sicher ist.

»Sie haben also den ganzen Nachmittag zusammen verbracht, jenen Nachmittag, an dem die Frau ermordet wurde.«

»Wir verbringen viele Nachmittage miteinander. Das ist unser Job.«

»Verstehe.«

Dávila verfiel in ausgedehntes Schweigen, in ein vorgebliches Grübeln, so als wären wir nicht vorhanden. Plötzlich schien er wieder aus seiner Versunkenheit aufzutauchen und wandte sich im Befehlston an Germán.

»Wollen Sie für einen Augenblick hinausgehen?«

Germán erhob sich mit einer für seinen Zustand und das Gleichgewicht des Toupets ungewöhnlichen Behendigkeit und ging ebenso gefügig hinaus, wie er hereingekommen war. Ich wartete darauf, daß Dávila die Situation psychologisch im Griff hatte. Von Angesicht zu Angesicht, von Mann zu Mann.

»Kennen Sie Ihren Angestellten gut?«

»So gut man einen Angestellten kennen kann.«

»Er arbeitet für Sie seit zwanzig Jahren, wenn ich nicht irre.«

»Er war schon bei meinem Vater beschäftigt, war tüchtig und zuverlässig, und so habe ich ihn auf die Anforderungen meiner Geschäfte umgeschult. Meine Arbeit ist sehr speziell und von anpassungsfähigen Mitarbeitern abhängig.«

Er griff nach einem Stück Papier, das bislang auf dem Tisch gelegen hatte, und hielt es mir kommentarlos unter die Nase. Es handelte sich um die Polizeiakte Germáns: Jugendgericht, öffentlicher Skandal. Mehrere öffentliche Skandale bis zu einem bestimmten Zeitpunkt, von dem an er nicht mehr rückfällig wurde.

»Waren Ihnen diese Fakten bekannt?«

»Ja.«

»Wußten Sie, daß er schwul war?«

»Ich wußte, daß er in seiner Kindheit, in seiner Jugend, gestrauchelt war, aber nicht genau inwiefern. Solange er für meinen Vater arbeitete, benahm er sich korrekt.«

»Sie haben nichts Tuntenhaftes an ihm bemerkt?«

»Heutzutage ist es schwierig, das zu bemerken.«

»Da haben Sie völlig recht. Ich weiß nicht, was die Frauen angestellt haben, daß es so viele Homosexuelle gibt. Um so besser für uns, die wir nicht so veranlagt sind. Bleibt mehr für uns. Nicht wahr?«

»Ein Glück.«

»Ich werde aus Schaden nicht klug. Als junger Mann war ich ein großer Frauenheld und dachte, ab vierzig wirst du schon abstumpfen. Jetzt bin ich fünfzig und ich finde sie noch immer umwerfend. So eine richtige Frau. Eine, die es versteht, Frau zu sein. Rocío Jurado zum Beispiel. Gefällt Ihnen Rocío Jurado?«

»Prächtig.«

»Ein Prachtweib. Übrigens merkwürdig, daß Ihr Sekretär verheiratet ist.«

»Er hat eine ältere Frau geheiratet. Sie ist für ihn wie eine Mutter.«

»Und sie hilft ihm, den Schein zu wahren. Ein Schwuler ist und bleibt ein Schwuler. Sie machen einen harmlosen Eindruck, doch haben sie immer ein Messer verborgen und erdolchen dich eines Tages, eines Tages fallen sie aus der Rolle, schälen sich aus ihrem Pelz.«

Im Fall von Germán war es einigermaßen schwierig, daß er sich aus seinem Pelz schälte. Dávila bemerkte eine gewisse Ironie in meinen Augen und befürchtete vielleicht, sie könnte auf ihn abzielen; also mußte ich ihm meine plumpen Gedankengänge darlegen.

»Germán wird sich wohl kaum aus seinem Pelz schälen können, denn er ist nämlich kahl.«

Er lachte aufrichtig.

»Sehr gut. Señor Ventós ... Wirklich sehr gut ...«

Er hatte die Gabe, den Verlauf der psychologischen Befragung zu ändern, vielleicht hatte er das von einem vorbildhaften Inspektor in irgendeinem Film abgeguckt, denn plötzlich wurde er ernst und sagte ohne Umschweife:

»Wenn der Ehemann nicht der Mörder ist, muß es der Liebhaber sein.«

Er hielt meinem Blick stand.

»Wer war bloß der Liebhaber, der Vater des Kindes?«

Ich breitete die Arme aus, um unzählige Möglichkeiten mit einzubeziehen, einen riesigen, allumfassenden Horizont.

»Fällt Ihnen niemand ein?«

»Ich war es nicht. Und nicht, weil es mich nicht gereizt hätte. Carlota war äußerst attraktiv.«

»Das mag schon sein. Die Leiche war allerdings nicht sehr ansehnlich. Ertrunkene geben nie ein schönes Bild ab.«

Mit einer Handbewegung wies er mir die Tür.

»Mit Ihnen bin ich fertig. Sagen Sie Ihrem Sekretär, er soll wieder hereinkommen.«

»Kann ich auf ihn warten?«

»Selbstverständlich. Ich habe ihm nicht viele Fragen zu stellen.«

Ich betrat ein Büro, in dem Germán wie ein exotischer Besucher wirkte, den Körper sorgfältig an den strengen Rahmen des ihm zugewiesenen Stuhls gepreßt, eine anständige Erscheinung, die so ganz und gar nichts mit den üblicherweise lässigen Umgangsformen in einem Kommissariat gemein hatte. Er erschrak, als ich ihm sagte, daß Dávila ihn zu sprechen wünschte, und ich mußte ihm vertraulich zuzwinkern, damit sich sein Gesicht wieder erhellte. Ich nahm seinen Platz ein, und die Beamten, die ein und aus gingen oder sich verbissen, den Blick auf Mappen geheftet, hinter vorsintflutliche Schreibmaschinen klemmten, wie in der dreißig Jahre zurückliegenden Schulzeit, nahmen kaum Notiz von mir. Dávila war nach einer halben Stunde mit Germán fertig, der ernst und gefaßt herauskam und sich zurückhielt, bis wir auf der Straße angelangt waren, wo er mir leise und verstört mitteilte, daß Dávila ein Dreckskerl sei.

»Er hat mich beschimpft und angeschnaubt, als wäre ich der letzte Dreck.«

»Das ist eine Berufskrankheit.«

»Ich habe ihm noch einmal gesagt, daß wir den ganzen Nachmittag zusammen waren.«

»Hat er dich denn danach gefragt?«

»Nein, aber er hat es darauf angelegt.«

In meinen Augen war er ein Dummkopf, aber ich ergriff mit einer Hand seinen Arm und drückte ihn in der Absicht, ihm etwas mitzuteilen, das von weither kam und nirgendwo hinführte. Ich schloß die Operation damit ab, ihn in meinem Wagen nach Hause zu fahren und sein bekümmertes Schweigen zu respektieren.

»Das Leben ist ein Mist, Cholo«, sagte er, als er aus dem Wagen stieg, und ich biß die Zähne aufeinander, um die Empörung zu unterdrücken, die durch das Hören meines

Kosenamens aus seinem Mund ausgelöst wurde; das Recht dazu hatte er vielleicht früher einmal, nun aber keinesfalls.

»Wer sagte, daß das Leben einer Hühnerleiter gleicht, kurz und beschissen?«

»Konfuzius.«

Für ihn klang das nicht nach Konfuzius, und er stieg mit diesem Zweifel aus dem Wagen. Diese schöne und gepflegte Erscheinung ging in ein gesichtsloses Stiegenhaus eines gesichtslosen Gebäudes in einem ebenso gesichtslosen Viertel. Ich schloß die Augen, um mich nicht erinnern zu müssen. Germáns Lebensumstände erschienen mir unmöglich, und sie standen im Gegensatz zu dem, was er früher für mich verkörpert hatte, diese offenkundige Unreife, weil man unreif ist, solange man sich nicht völlig akzeptiert hat. Auf dem Weg zu meinem Treffen mit Pepa und Modolell versuchte ich, meine Gemütsverfassung wieder ins Lot zu bringen. Sie hatten mich zum Abendessen in ein Restaurant am Stadtrand eingeladen, in eines von diesen von jungen Ehepaaren aus gutbürgerlichen Kreisen geführten Lokalen, die sich nach einem geglückten Essen im *La Tour d'Argent* oder im *Girardet* denken, warum sie so etwas nicht auch machen sollten. Ich malte mir ein Dinner mit exhibitionistischen Gerichten aus, in etwa so, wie ein Liebesakt mit dem *Kamasutra* als Ratgeber auf dem Lesepult. Schließlich war das Essen doch nicht so ausgefallen, wie ich erwartet hatte, und auch nicht so aufregend, um das Gespräch zu bestimmen, so daß wir von anderen Dingen sprechen konnten, wie zum Beispiel über die veranschlagten Kosten einer Arbeit, mit der mich Modolell beauftragt hatte. Es war genügend Budget vorhanden, um in einem Wohnraum von sechzig Quadratmetern eine Freskenmalerei anzubringen, und ich plädierte für etwas im pompejischen Stil, in der Art der letzten Ausstellung von Artigau. Seine Ausstellung in der Galerie Theo hatte ich sehr interessant gefunden, und er war ein Maler, der über das nötige technische Wissen verfügte, um der Herausforderung gewachsen zu sein. Modolell war lustlos. Und diese Lustlosigkeit machte ihn noch schweigsamer als sonst, während Pepa zu ihrer Hochform auflief und redete und redete, als bestände sie nur aus Kopf und Lippen. Sie hatte ihren Florentinerhut aus gestärktem Stoff nicht abgenommen und zog dadurch die Blicke von den anderen Tischen auf sich, Blicke, die sie imstande war, als bewundernd aufzufassen. Sie benahm sich sehr ungezwungen. Von Modolells Schweigen einerseits und Pepas Redefluß andererseits geplagt, kam ich auf mein Begegnung mit Dávila zu sprechen, ohne auf den unterdrückten Widerwillen meiner Begleiter Rücksicht zu nehmen.

»Jetzt ist er auf der Suche nach dem Liebhaber.«

Modolell stocherte mit der Gabel in den Resten des Eis-Soufflés auf seinem Teller, und Pepa kniff die Augen zusammen.

»Wenn der Ehemann nicht der Mörder ist, muß es der Liebhaber sein. Das ist Dávilas Theorie.«

»Er ist ein armer Kerl«, spuckte Pepa aus, fügte dann aber hinzu: »Um so besser für Luis. Das bedeutet, man kann ihm den Mord nicht anhängen.«

Die vulgäre Ausdrucksweise schien mir angesichts der Tatsache, daß es sich bei der Toten um Carlota handelte, unangebracht, doch Pepa war weder damals noch irgendwann sonst auf Nuancierungen aus. Mit meiner Unterstützung gelang es ihr, das Gesprächsthema zu wechseln, und als wir aufbrachen, ging sie auf die Toilette. Modolell bewegte sich knapp vor mir zum Ausgang, ein wenig geduckt und kaum auf das Winken einiger Gäste achtend. Wir warteten schweigend auf Pepa, so als würden er und ich uns in der Betrachtung der fernen Stadt verlieren, dieses rasterförmig gebauten Stadtteils, der von der Terrasse des Restaurants aus zu sehen war. Pepa schlängelte sich zwischen den Tischen und Begrüßungen durch, und ich nützte ebendiesen Augenblick, um Modolell am Arm zu fassen und ihm zuzuflüstern: »Vorsicht! Ich glaube, Dávila hat es auf dich abgesehen.«

Er besaß eine wunderbar zarte, rosige Haut, die zu sinnlichen Abenteuern einlud, doch nun nahm sie plötzlich die Farbe eines verschreckten, hilflosen Tieres an.

3

Ich kehrte mit dem langgehegten Wunsch nach Hause zurück, es mir bequem zu machen und mit einem handbreit gefüllten Glas Knockando Gran Reserva vor dem Fernseher einzunicken. Es gibt nichts Besseres als einen Schluck guten Whiskys zum Abschluß eines widersprüchlichen Tages. Ich sah Licht in meinem eigenen Haus und dachte zunächst, ich hätte es beim Fortgehen brennen lassen, doch so war es nicht. Germán erwartete mich mit dem Gesichtsausdruck eines aufgeregten Boten, und er überschlug sich in wirren Erklärungen für den Grund seiner Anwesenheit, ohne mir Zeit zu geben, irgend etwas zu sagen. Er hatte offensichtlich vergessen, mir etwas mitzuteilen, und es nicht gewagt, dies telefonisch zu tun. Telefone können abgehört werden. Er war zu gekränkt aus dem Büro des Inspektors Dávila herausgekommen, um mir zu sagen, daß der Polizist ihm meine Akte gezeigt hatte.

»Sie führen dich als politisch verdächtig«, stieß er aufgeregt und bestürzt hervor. Ich nahm ihm das Gefühl, eine schlechte Nachricht überbracht zu haben, und beruhigte ihn: Es handelte sich um eine unbedeutende Episode in meiner Jugend, und Dávila war ein Trottel, der Versteck spielen wollte, indem er ihm seine und mir meine Akte vorenthielt.

»Das ist sein Job. Sie haben uns auf Karteikarten in ihren Schubladen, das vermittelt ihnen Sicherheit.«

»Du weißt, für dich wäre ich zu allem fähig«, sagte er in der Tür, den Kopf in den Nacken geworfen, damit ich das Pathos seiner intimsten Gefühle sehen konnte. Ich strich ihm mit der Hand übers Gesicht, und er versuchte, sie zu küssen. Ich zog sie rechtzeitig zurück und schloß behutsam die Tür. Dann führte ich meinen vorgefaßten Plan aus. Ich duschte mich, hüllte mich in meinen weißen Frotteebademantel und ließ mich mit einem Glas Whisky in der Hand in den Charles-Eames-Sessel sinken, obwohl es schon sehr spät war und kein einziger Fernsehkanal mehr sendete. Ich legte das Video *Liebe ist stärker* von Rossellini ein und schaltete den Ton ab. Mir genügten der Anblick der herrlichen Ingrid Bergmann und die Schwarzweißbilder von Menschen und Dingen. Rossellini, vor allem dem Rossellini der Bergmann, gelingt es, das Alles und das Nichts, das wir in uns tragen und nach außen projizieren, zu filmen. Man merkt, daß er mit dieser Frau nicht konnte. Zwischen den beiden gab es offensichtlich eine gestörte Chemie, genauso wie zwischen Carlota und mir. Eine Anubis-Statue aus schwarzem Holz auf dem Kaminsims hat mich auf diesen abschweifenden Gedanken gebracht. Carlota hatte sie mir in Erinnerung an unser Gespräch in

Ägypten mitgebracht. Ein Mensch mit Hundekopf aus schwarzem Holz, der am Leichnam von Osiris das Einbalsamieren erlernt hatte und mit der Zeit durch Osiris, der den Tod besiegte, indem er sich seines Reiches bemächtigte und Richter im Jenseits wurde, als Gottheit seine Wichtigkeit einbüßte. Der schlaue Osiris verstand es, das Gebiet zu finden, wo tatsächliche Macht ausgeübt wird, die Düsternis der Hölle, in diabolischer Verbindung mit Ra, der Sonne und dem Leben. Das Erahnen der Einheit von Gegensätzen führte dazu, daß die Ägypter manchmal Zwitterwesen schufen, Osiris-Ra. Unmöglich einzugrenzen, ob das Licht die Dunkelheit erzeugt oder umgekehrt.

»Ich war in erster Linie im Louvre, um dir diese Reproduktion der Anubis-Figur mitzubringen. Sie besitzt magische Kräfte.«

»Ich bin nicht Anubis, ich bin Osiris.«

»Denkste!«

Das war ein vertraulicher Scherz und enthielt im Grunde einen Angriff auf mich. Carlota schrieb mir den Status einer unbedeutenden Gottheit zu, eines Verlierers, der einen Sieger einbalsamierte. Es gefiel mir, die kleine Statue zu streicheln. Von ihr ging ein gewisser Zauber aus. Nun betrachtete ich sie von meiner entspannten Lage aus und fühlte auf meinem Körper den Stoff des Bademantels, den Geruch nach dem aus irischen Kräutern hergestellten Kölnischwasser, das ich vergangenen Sommer in Connemara gekauft hatte, und ebendieser Bademantel rief mir die von Germán erwähnte Polizeiakte in Erinnerung. Ich bewohnte damals ein kleines Appartement, das mir meine Mutter allen Einwänden meines Vaters zum Trotz geschenkt hatte, damit ich »mein eigenes Leben lebte«. Ich fürchtete die Ankunft der Polizei, denn in den letzten vierundzwanzig Stunden hatten sie mehrere Studentenführer festgenommen, denen ich ein altes Gehöft meiner Eltern in Vendrell überlassen hatte, damit sie dort ihre Flugzettel vervielfältigen konnten. Vom Fenster aus sah ich, wie ein Auto vor meinem Haus hielt, aus dem kampfbereite Bullen ausstiegen und sich in den Eingang stellten. Ich überlegte nicht, was ich tat, aber ich riß mir im Schlafzimmer die Kleider vom Leib und zog mir einen weißen Bademantel an. Dann öffnete ich eine Flasche Champagner, und als die Polizei an meiner Tür läutete, fand sie einen mutmaßlichen Verschwörer im luxuriösen Bademantel mit einem Glas Champagner *extra brut* in der Hand vor. Ich benahm mich als präpotenter Gastgeber und genoß für einige Minuten die Möglichkeit, die Initiative zu ergreifen, die dann entsteht, wenn finanzielle, gesellschaftliche und kulturelle Macht zu psychologischer Überlegenheit wird. Die beiden waren wie zwei verstörte Rösser, die an den Umgang mit Verschwörern in Turnschuhen oder solchen mit Lieferwagen gewöhnt waren, niemals jedoch hatte sie jemand auf diese Weise gedemütigt und gezwungen, ihre Rolle als

Diener der Gesellschaft zu übernehmen. Bis sich einer aus seiner Verblüffung löste, vielleicht provoziert durch eine übertriebene Ironie in meiner Stimme. Ich war noch sehr jung und weder Herr meines Sarkasmus noch meines Tonfalls. Er verpaßte mir eine solche Ohrfeige, daß mein Bademantel verrutschte und das Sektglas sich in tausend Splitter auflöste. Er war erstaunt über seine Aktion. Ich ebenso, doch ich reagierte schneller und sagte, so als wäre nichts geschehen: »Sie gestatten, daß ich mich anziehe?«

Die Dienerseele kehrte in dem plumpen Leib zurück, und er stammelte ein »Selbstverständlich«, das mich mit Befriedigung erfüllte. Was dann kam, war nebensächlich und eigentlich mittelmäßig. Ich verbrachte drei Tage auf dem Kommissariat, und meine Eltern holten mich heraus, vor allem mit der Hilfe meiner Tante Leonor, die mit einem baskischen Vizeadmiral verheiratet war, von dem es immer hieß, er könnte Marineminister Francos werden, obwohl er es nie sein sollte. Nach Hause zurückgekehrt stellte mich mein Vater vor die Entscheidung, politisches Engagement oder finanzielle Unterstützung, und meine Mutter drohte, mir das Appartement wegzunehmen. Zwei Wochen lang widerstand ich dem Druck, doch dann erinnerte ich mich plötzlich an die Geschichte mit dem Bademantel und dem Champagner und dachte, daß ich sehr viel Glück gehabt hatte, von rechten Polizisten festgenommen worden zu sein. Die Rechte respektiert die

Bademäntel und Champagner viel eher als die Linke, vor allem das Fußvolk der Rechten. Natürlich veränderte ich mich nicht von heute auf morgen. Ich benötigte einige Zeit, um intellektuelle Alibis für eine gewisse Ernüchterung und die entsprechende skeptische Klarheit zu finden. In Wahrheit blieb mir nicht einmal eine Erinnerung an jene Zeit, bis mich Dávilas Hanswurstiade darauf brachte, abgesehen von dem Leitmotiv, das mir immer wieder in den ungeahntesten Situationen über die Lippen kommt: »Und was soll man zum unerschütterlichen Kampf der algerischen Kommunisten sagen?«

Doch offensichtlich war die Nacht noch nicht zu Ende, obwohl ich sie mit dem letzten Schluck Knockando für beschlossen hielt. Ich hatte mich soeben ins Bett gelegt, als das Telefon läutete, und ich brauchte etwas Zeit, um zu begreifen, daß Pepa in der Leitung war, um mir mitzuteilen, daß man soeben ihren Modolell festgenommen hatte. Ich sollte vielleicht anmerken, daß es nicht gerade angebracht war, ihrer atemlosen Mitteilung eine abschweifende Frage entgegenzuhalten: »Haben sie Luis freigelassen?«

Pepa hielt den Atem an und schwieg, dann fauchte sie mich wütend an: »Was kümmert mich Luis?«

Ich bat sie um Verzeihung und benahm mich von da an mustergültig, kultivierte meinen ernsten Tonfall und meine Rücksichtnahme angesichts dieser offenkundigen Tragödie.

»Es ist eine Tragödie. Es ist eine Tragödie«, sagte Pepa, nun schon gefaßt, und versuchte den Tonfall zu finden, den eine Schauspielerin des Actor's Studio in einer ähnlichen Situation verwendet hätte.

»Sag, wußtest du etwas davon, daß Modolell und Carlota ein Verhältnis miteinander hatten? Sag mir um Himmels willen die Wahrheit. Es ist nicht der Moment für falsche Zurückhaltung, falsche Scham.«

»Nein, ich wußte es nicht.«

»Was mich erschreckt, ist das schuldbewußte Gesicht Modolells, als sie ihn abholten. Würdest du an meiner Stelle aufs Kommissariat gehen?«

»Am vernünftigsten wäre es, einen Anwalt zu nehmen.«

»Das habe ich schon gemacht.«

»Bis morgen kannst du nichts mehr unternehmen.«

»Mir fällt die Decke auf den Kopf.«

Sie hoffte, daß ich ihr das sagen würde, was ich ihr auch sagte.

»Komm her.«

»Ich möchte dich nicht stören.«

»Dein bloßer Verdacht, du könntest mich stören, würde mich schon kränken.«

Eine halbe Stunde später spazierte sie durch mein Wohnzimmer, setzte sich in meinen Charles-Eames-Sessel, trank meinen Knockando, riß meine Aufmerksamkeit an sich, verhinderte meinen Schlaf, forderte den Einsatz meiner

Intelligenz oder meiner Gefühle, um mit ihr zu diskutieren oder sie zu bemitleiden. Sie war eine derart körperlich präsente Frau, daß sie animalisch roch, und ebenso animalisch war ihre Art, von meinem Zimmer und meiner Zeit Besitz zu ergreifen und sich selbst durch die Zerstörung der anderen zu stärken. Luis war ihrem Urteil nach ein Pantoffelheld ohne Persönlichkeit, der in Carlota vernarrt gewesen war, und hinter dieser Hingabe verbarg er seine Unfähigkeit, sie zu befriedigen.

»Und ich beziehe mich nicht auf Sex, verstehst du? Das wäre zu einfach. Carlota war die Gier schlechthin. Denk daran, wie sie uns aussaugte, vor allem die Schwächeren. Ich verstand es, mich besser zu wehren. Ich bin nicht umsonst eine Frau.«

Luis war also ein Pantoffelheld und Carlota eine diebische Elster, die alle nur erdenklichen seelischen Schätze stahl und in deren Schatten nichts wachsen konnte, was sie nicht verschlang.

»Entweder sie stand im Mittelpunkt, oder sie spielte nicht mit.«

Ich erwartete gewissermaßen gespannt, daß sie auf ihren Mann zu sprechen kam, und sie tat es wie eine von Eugene O'Neills Frauengestalten, die glücklicherweise fast ihr ganzes Leben geschwiegen hatten und eines schönen Tages explodieren und beinahe in Versen sprechen. Unerträglich.

»Ich habe ihm mein Leben geopfert.«

Für den Anfang war das gar nicht übel, obwohl die Formulierung überraschend und eindeutig überzogen war. Pepa hatte kein Leben zu opfern, es sei denn, sie würde es mir in der weiteren Folge ihres Monologs beweisen. Das tat sie aber nicht. Für sie bedeutete, Modolell ihr Leben zu opfern, daß sie mit ihm fast jeden Abend essen ging und seine Koffer packte, wenn er verreiste.

»Ohne mich ist er aufgeschmissen. Ich muß ihm sogar die Unterhosen kaufen.«

Hier muß man festhalten, daß O'Neill selbst den ungehobeltsten seiner weiblichen Figuren niemals eine derartige Derbheit in den Mund gelegt hätte. Wie dem auch sei, Pepas Tragikomödie enthüllte mir jedenfalls, daß sie in der Lage war, sich unbefriedigt zu fühlen, wozu ich sie nicht für fähig gehalten hatte. Ich habe nichts für Personen übrig, die mit sich selbst oder den anderen unzufrieden sind. Von denen, die mit sich selbst unzufrieden sind, pflege ich zu denken, daß sie völlig recht haben, wie hart ist doch das Los des Menschen, das es den Dummen ermöglicht, ihre Dummheit zu begreifen. Diejenigen, die mit den anderen unzufrieden sind, halte ich für geistig minderbemittelt, für unreife Einfaltspinsel, die auf eine Rechtfertigung von außen warten.

»Ich bin eine Hexe. Mehr als einmal habe ich gespürt, daß da etwas nicht stimmte. Warum war Modolell so darauf aus, Luis und Carlota zu sehen? Warum ergriff er immer ihre Partei, wenn wir stritten?«

»Das war bloße Höflichkeit.«

»Nein. Früher hatte ich so meine Vermutungen, jetzt füge ich die Teile aneinander, und alles paßt zusammen.«

Sie hatte mich so sehr irritiert und ausgebeutet, daß ich glaubte, das Recht auf Initiative zu haben, während es draußen allmählich hell wurde und ich bis zu einem gewissen Maß meine Aufmerksamkeit eingebüßt hatte.

»Ehrlich gesagt, Pepa, traust du Modolell wirklich einen Mord zu?«

Sie hielt wieder den Atem an und auch den Redefluß, aber nur um gleich darauf mit um so mehr Überzeugung ein klares »Ja« hervorzustoßen.

Verständlicherweise verblüffte mich dieses »Ja«, es machte mich sogar sprachlos, und ich schwieg für eine mir ausreichend und angemessen scheinende Weile, um der angeblichen Erschütterung meines Gemüts Ausdruck zu verleihen.

»Das sagst du wohl nicht im Ernst.«

»Doch, ich sage es im Ernst.«

Sie unterstrich natürlich ihre Aussage, indem sie ihre riesigen Lider über ihren riesigen Augen schloß, in diesem riesigen Gesicht, auf das sie vielleicht ein bleiches Make-up der Marke Margaret Astor aufgetragen hatte, gesetzt den Fall, daß es bei Margaret Astor eine spezielle Schminke für spezielle Situationen gab. Mag sein, daß ich meine durch den emotionalen Überfall verursachte schlechte Laune zu Pepas Ungunsten übertrieb, und jenes bleiche Gesicht eine tatsächlich vorhandene Müdigkeit widerspiegelte, und hinter der Maske innere Anspannung lag. Diese vom Schicksal getroffene Frau erlosch jedenfalls allmählich, versenkte ihren Körper in den Charles-Eames-Sessel, döste zunächst vor sich hin und schlief schließlich mit einer Spur Speichel auf den Lippen ein. Ich deckte sie mit der Wolldecke zu, die ich immer bei meinen herrlichen Mittagsschläfchen in meinem Charles-Eames-Sessel benütze, und ging in mein Schlafzimmer, um die paar möglichen Stunden Ruhe, die mir noch blieben, zu finden. Als ich aufwachte, verriet mir das Rauschen der Dusche, daß Pepa schon auf war und daß auch ich demnächst gestellt sein mußte. Ich hatte mir in der Tat für den ganzen Tag ein Konzept zurechtgelegt, das mit einem Besuch bei den Anwälten beginnen sollte, die wegen Modolells Verhalten beim Verhör ziemlich niedergeschlagen waren.

»Er bestritt, der Vater des Kindes zu sein, und hielt daran während eines Kreuzverhörs mit dem Ehemann fest, allerdings ohne besonderen Nachdruck. Er hat niemanden überzeugt.«

»Wenn alles eine Frage des Nachdrucks ist, ist er verloren. Den hat er nicht.«

Das war objektiv richtig. Ich fragte, ob Modolell ein

Alibi hätte, eine rein rhetorische Frage, weil ich wußte, daß er über kein stichfestes Alibi verfügte. Er war an dem fraglichen Nachmittag auf einer Baustelle gewesen, doch fiel es ihm schwer, die dort verbrachten Stunden genau einzugrenzen, und so blieb ein ausreichender, wenn auch knapper Zeitraum übrig, in dem er nach Can Ciurana und zurück hätte fahren können.

»Wenn er stur bleibt, kann er jedenfalls durchkommen. Der Ehemann ist schlechter dran.«

Die Rechtsanwälte ließen sich nicht vermeiden, anders verhielt es sich bei den Verwandten, die den ganzen restlichen Tag meine Wohnung dazu benützten, Pepa ihre moralische Unterstützung auszudrücken. Es war das erste Mal, daß sich einer der Ihren aufgrund eines kriminellen Tatbestands in Haft befand, und ich glaubte, im Vergleich zu früheren Zeiten, eine Veränderung der Verhaltensweise feststellen zu können. Nun verfiel man wegen des vermeintlichen Verlusts einer vermeintlichen Ehre nicht in lautes Wehklagen, sondern nahm die Tatsache mit einer fast dankbaren Spannung auf, wie von einem erlesenen Supermarkt übersättigte Wesen. Pepa genoß die ihr zugefallene Hauptrolle, die es ihr erlaubte, über mein Wohnzimmer zu bestimmen. Wie hätte sich wohl Carlota in einer ähnlichen Situation verhalten? Sie wäre, um der Liturgie dieser Totenwache auszuweichen, in ein Hotel gegangen und hätte mich, nur mich, angerufen, hätte mich zum passiven Vertrauten ihrer Fassungslosigkeit, nicht aber zum Inspizienten ihrer Theateraufführung gemacht. Schade. Dreifach schade. Carlota hatte sogar bei ihren Exzessen ein gewisses Maß an Selbstbeherrschung besessen, und als ich sie auf unserer Irlandreise bei einem leidenschaftlichen Kuß mit Modolell ertappte, löste sie sich ohne merkliches Erstaunen aus der Umarmung, so als wäre es das Natürlichste auf der Welt, dem Aneinanderdrücken eine Loslösung nachfolgen zu lassen. Mir hingegen fiel es schwerer, die Erschütterung zu unterdrücken, die dieses Schauspiel in meinem Inneren bewirkt hatte, die Wellen der Beklemmung, die meine Brust zusammenkrampften, als stünde ich an der Schwelle zu einem Herzanfall. In Wahrheit galt in der Szene, in die ich hineingeplatzt war, meine Aufmerksamkeit eher Modolell als Carlota, und ich versuchte, bei ihm eine verheißungsvolle Lustlosigkeit festzustellen. Aber nein, er küßte sie und drückte sie mit einer rasenden, vielleicht sogar übertriebenen, zwanghaften Leidenschaft. Die Szene war sogar für mich sinnlos und unverständlich, wenn man nicht vor Augen hatte, was am Vorabend geschehen war, in diesem Landhaus, das wir, in der Absicht, einen Ausflug nach Aran zu machen, in Oughterard auf dem Weg zum Kap von Connemara gemietet hatten. Am Nachmittag hatten wir eine wunderschöne Spazierfahrt mit dem Rad unternommen, die Modolell mit seinem sportlichen Fahrstil anführte, und ich hielt mich bei der Rückfahrt zu unserer Unterkunft dicht hinter ihm. Der Gasthof bot einen idyllischen Ausblick auf einen Fluß, dem wohl ein melancholischer Ganges Modell gestanden hatte; er war berühmt, weil General de Gaulle auf einer seiner Abschiedsreisen vom Leben, als er schon aus der Geschichte in den Ruhestand getreten war, dort übernachtet hatte, aber auch wegen der Schönheit des Flusses, und ich sprach mit Modolell über de Gaulle, als wir unseren Vorsprung nützten und uns, während wir auf die anderen warteten, ins Gras legten. Von de Gaulle kamen wir auf den Fluß zu sprechen, und vom Fluß auf die völlige Ahnungslosigkeit, was unseren eigenen Tod betraf, und schließlich auf die durch unser eigenes Scheitern verursachte Melancholie. Es ist schon verhängnisvoll, schuld an den Verirrungen der eigenen Gefühle zu sein, wo sie doch scheinbar unser Ureigenstes sind, das, was wir wirklich besitzen und wovon wir besessen sind. Modolell war gerührt und öffnete mir sein widersprüchliches Herz, jenseits von jeglichem Schein. Jemand anderem hätte ich das nicht gestattet, aber er hatte mich für seine Sache, für die ganze Sache gewonnen, und ich lauschte entzückt seinem sentimentalen planlosen Gestammel. Er hatte das Gefühl, sich in allem geirrt zu haben, zu nichts zu taugen, und zwei Tränen flossen aus seinen Augen, Tränen, die ich sanft mit meinem Finger wegwischte, während ich versuchte, mein Gesicht dem seinen zu nähern, eine Geste, der er, wenn auch matt, auswich, und genau in dem Augenblick zeichneten sich auf der anderen Seite des Flusses die Umrisse der Nachzügler ab. Mein Herz klopfte während der gesamten Rückkehr, und mehr noch, als ich nach dem Abendessen feststellte, daß Modolell alles unternahm, um noch zu bleiben, indem er vorgab, einen im Spätabendprogramm ausgestrahlten Film mit Joan Crawford sehen zu wollen. Die Radsportler waren müde, und die beiden Frauen störte der Geruch des im Kamin verbrennenden Torfs. So blieben Modolell und ich, nachdem wir Luis, der uns freundlicherweise Gesellschaft leisten wollte, losgeworden waren, allein, und zunächst schwieg ich in der Hoffnung, er würde die Gelegenheit nützen und mir die nötige Erklärung zu dem, was er am Fluß angedeutet hatte, geben. Aber er sprach nicht, sondern wünschte sich seinerseits, ich würde es tun. Ich sagte, daß die Klarheit des Gewässers unser eigenes Bedürfnis zu reden angeregt hätte, daß ich mich nicht erst jetzt zu ihm hingezogen fühlte und glaubte, ihm ginge es genauso. Er schüttelte den Kopf, so als wollte er das gefürchtete Einverständnis mit dem, was ich im Begriff war zu sagen, abschütteln.

»Es ist absurd. Ich bin nicht schwul«, sagte er schließlich.

»Was heißt das schon, schwul zu sein?«

Ihm fiel kein Argument ein, und ich nützte die Gelegenheit, um mich ihm zu nähern und dabei die körperliche Berührung zu wählen, die er in seiner augenscheinlichen

Furcht, nicht Herr seiner moralischen Antworten zu sein, meines Erachtens am wenigsten zurückweisen konnte. So entschied ich mich zwischen der Möglichkeit, über sein Haar zu streichen oder hinter ihm stehend die Hand auf seine Schulter zu legen, für die zweite, und meine Handfläche spürte das Beben des duftenden, durchtrainierten Körpers dieses blonden Prinzen.

»Was geschieht mit uns?« stieß er schließlich zwischen den Zähnen hervor, und das war für mich das Zeichen, meine Berührungen fortzusetzen; ich führte die Hand an sein goldenes Haar, doch meine Finger hatten noch kaum seine spannungsgeladene Aura gestreift, als er aufsprang und den Salon verließ, ohne mich anzusehen, und entschuldigend murmelte: »Ich bin verwirrt.«

Ich döste einen Großteil der Nacht vor mich hin, in der Hoffnung, der nächste Tag würde es mir ermöglichen, einen Gutteil der über drei Jahre gehegten Liebesträume zu verwirklichen, genauso lange wie ich das Quartett schon kannte. Ich stand als erster auf und trat in den Hof hinaus, um die tägliche Torfration zu holen. Dann machte ich Kaffee und Toast, während ich die ersten Lebenszeichen im Haus vernahm: Stimmen, die einander begrüßten, Gähnen, Türen, die mit der für die frühen Morgenstunden unvermeidlichen Klangfülle auf- und zugingen, Wasserhähne, Leitungsrohre. Meine Gefährten tauchten nach und nach auf und lobten wie jeden Tag meine Fürsorglichkeit.

»Das Frühstück jeden Tag und auch noch so gut gemacht zu bekommen, ist unbezahlbar«, meinte Luis, und Pepa versprach, mir bei unserem nächsten geplanten Ausflug die beste Bruyère-Pfeife ganz Irlands zu kaufen.

»Ich werde ein Geschäft suchen, das Joyce heißt. Dieses Land ist voll mit Geschäften, die Joyce heißen. Hier wird viel gelesen.«

Obwohl ich eine Pfeife aufs Spiel setzte, widersprach ich Pepa: »In Irland ist der Name Joyce ziemlich häufig.«

Modolell und Carlota kamen nicht nach unten, und ich konnte meine Ungeduld nicht zügeln oder glaubte, die nötige Zeit und Abgeschiedenheit zu finden, um Modolells Zurückhaltung endgültig zu besiegen. Ich ging in das obere Stockwerk und als ich die Dusche hörte, vermutete ich, Carlota wäre im Bad; ich wandte mich zu dem von Pepa und Modolell bewohnten Zimmer und öffnete in fiebriger Erwartung und scheinbar entschlossen die Tür. Und dort waren Carlota und Modolell, die sich küßten und liebten, sie mit anmutiger Hingabe, wenn auch nicht leidenschaftslos, und er mühte sich ab wie ein geiler Maurer im Hinterzimmer eines Ausflugslokals. Entweder war es das Geräusch beim Öffnen der Tür ... oder die unsichtbare Energie meiner Erscheinung, jedenfalls wandten sich beide mit noch aneinanderhängenden Lippen zu mir und lösten sich voneinander, während Carlota ein Lächeln aufsetzte und Modolell herausfordernd das Gesicht verzog.

»Sind unsere Toasts fertig?«

»Sind sie.«

»Was täten wir nur ohne dich?«

Ich verbrachte den restlichen Morgen traurig und so sehr in mich gekehrt, daß Carlota annahm, die entdeckte Untreue würde mich quälen, und so sorgte sie nach dem Mittagessen im Restaurant Oughterard dafür, daß wir eine Weile allein waren. Sie sagte den anderen, mich begleiten zu wollen, um eine Heidekrautwurzel zu suchen, die ich mir als Andenken aus Irland mitnehmen wollte, und sie zog sich für diese Gelegenheit ein Kleid an, das an jenes erinnerte, das die ertrunkene Ophelia von Everett Millais trug. Ich wies sie auf die Ähnlichkeit hin, und sie sagte, das wäre beabsichtigt, da die Landschaft jenes sonnenbeschienenen Winkels von Irland dem üppigen Pflanzengepränge der besten präraffaelitischen Bilder glich.

»Merkwürdig, daß Ruskin dem Gemälde von Everett Millais einen fehlenden Pantheismus vorgeworfen hat, einen Mangel an Göttlichkeit, den man hingegen in den Landschaften Turners spürte.«

»Ruskin und Everett Millais waren eng befreundet. Das hast du mir erzählt. Alles, was ich über die Präraffaeliten weiß, habe ich dir zu verdanken.«

»Sehr gut befreundet, aber der Maler hat dem guten Kerl die Frau ausgespannt.«

»In Frauengeschichten haben wir Theoretiker immer das Nachsehen.«

»Glaub bloß das nicht. Ich hatte auf der Uni einen Professor, der mich aufriß, während er über Maritain sprach. Er war Linkskatholik.«

Sie beharrte auf dem Thema Ruskin und auf den Präraffaeliten, auf dieser gleichsam moralischen und ästhetischen Parole, die sie einem Gedicht von Keats entnommen hatte. *Beauty is Truth, Truth Beauty.* Schönheit ist Wahrheit, Wahrheit Schönheit. Wenn auch in vielerlei Hinsicht die ertrunkene Ophelia eine merkwürdige Ausnahme darstellte, ein rätselhaftes Bild jenseits der Wahrheit und literarischen Schönheit Hamlets, die Everett Millais umsetzen wollte.

»Hast du ein anderes Bild von Everett Millais vor Augen, *Die Rettung*?«

»Befindet sich das auch in der Tate Gallery?«

»Nein, in Melbourne. Es ist ein profanes Bild. Die erste und beinahe einzige Huldigung der Malerei an die Feuerwehrmänner. Die Hauptfigur ist ein Feuerwehrmann, der soeben ein paar Kinder vor dem Verbrennen gerettet hat, und im Hintergrund sieht man die Feuersbrunst. Es ist nicht nur eine Sozialstudie, sondern auch ein veristisches Gemälde, denn Everett hat sein Atelier in Brand gesetzt, während er malte, um den hellen Schein der Flammen getreu wiedergeben zu können.«

Nachdem der gelehrte Teil des Gesprächs erschöpft war, kam sie zu seinem ursprünglichen Zweck zurück.

»Hältst du mich für eine untreue Frau?«

»Was oder wem gegenüber?«

»Gute Antwort.«

»Mir zum Beispiel.«

»Dir untreu?«

Mit dieser Antwort hatte sie nicht gerechnet und war tatsächlich verblüfft. Eine tatsächlich verblüffte Ophelia auf der Landstraße von Oughterard nach Clifden. Und ohne zu wissen warum, näherte ich mich ihr, faßte sie um die Taille und küßte sie mit einer entschiedenen und dennoch gezügelten Leidenschaft; im Gegenzug erhielt ich einen feuchten, vollkommenen Kuß, der mir den Mund mit Sinnlichkeit und das Hirn mit Bitternis erfüllte. So begann die Geschichte meiner Affäre mit Carlota.

4

Jene Regung, die aus Groll gegen Modolell entstanden war, zwang mich zu einem höflichen Kompromiß, der sich über mehrere Monate hinzog. Carlota war sexuell nicht anspruchsvoll, wohl aber verlangte sie Zuwendung und bemühte sich, unsere Beziehung mit sämtlichem Beiwerk, das einen handfesten Ehebruch kennzeichnet, auszustatten. Sie kannte nur eine Seite des betrügerischen Spiels, nämlich, daß sie Luis hinterging, nicht aber meinen Teil der Geschichte. Ich fragte sie nie, ob sie Modolell aus ihrem Begehren verdrängt hatte, war aber darauf bedacht, ihr die notwendige Zeit zu widmen, damit sie für ihn keine mehr hatte. Ich heuchelte, wie ich glaube, ziemlich gut, die besitzergreifende Leidenschaft eines durch ihre großzügige Hingabe bestätigten Liebhabers, wobei ich den Unerfahrenen mimte, der ziemlich unbedarft in Sachen Liebesabenteuern ist. Carlota hatte mir ihre ursprüngliche Überraschung gestanden. Bislang war ich in ihren Augen ein verkappter Homosexueller gewesen, der seine Neigung aufgrund seiner beschämenden, intellektuellen Eleganz nie auslebte. Als sie mir die kleine Anubis-Statue aus dem Louvre mitbrachte, behauptete sie, daß mir Anubis besser anstand als Osiris.

»Die wichtigen Gottheiten mag ich nicht. Sie waren für mich immer übertrieben. Anubis ist ein Mann mit einem Hundegesicht.«

Ich scherzte über die gute Meinung, die sie von meinem Äußeren hatte, und sie zog mich vor den Spiegel, fuhr mit ihren Fingern meine Gesichtszüge entlang, so als würde sie blind eine Statue abtasten. Ich entdeckte mein Gesicht neu, diese bis zum Gähnen korrekten Züge, obwohl mich die Asymmetrie der Augen vor allzuviel Makellosigkeit bewahrte und insgesamt eine gewisse Unruhe verbreitete. Diese Frau, die mich dazu brachte, mein Mann-Sein zu akzeptieren, war sehr verschieden von der früheren Carlota. Wenn ich mich jetzt zurückerinnere und die beiden vergleiche, scheint mir die ungeschlechtliche Carlota, die mich wegen ihres präraffaelitischen Äußeren verführt hatte, oder die wie Ophelia in einem künstlich angelegten Teich ertrunkene Carlota interessanter als die Carlota als gewöhnliche Geliebte, wenn ich sie auch in dieser dritten Rolle loben muß. Als ich jedoch den endgültigen Rückzug Modolells feststellte, wurde meine Aufopferung zwecklos, und die weiterhin bestehende Situation ohne sichtbaren Ausweg oder Ziel absurder. Ich hielt mich selbst nicht für einen ausreichend guten Liebhaber, damit der Sex unsere heimlichen Zusammenkünfte, bis daß das Alter uns scheide, hätte rechtfertigen können; genausowenig konnte ich Carlota eine eheliche Alternative zu Luis bieten, der nach wie vor ein liebenswerter und zuverlässiger Gatte war. In dieser emotionalen Unentschiedenheit zwischen Wollen und Nicht-Wollen, zwischen Können und Nicht-Können, schlug mir Carlota jenes Treffen in Ciurana vor.

Die Anwälte Modolells schlugen sich zunächst mit der Polizei, dann mit dem Richter herum und verteidigten die Unbeweisbarkeit der Beziehungen zwischen ihrem Mandanten und Carlota sowie der Ergebnisse der Autopsie, was die Schlußfolgerungen betraf, ob das tatsächliche Ertrinken auf dem Landgut Can Ciurana stattgefunden hatte oder ob der Körper von einem anderen Ort zum Teich gebracht worden war. Im allgemeinen war man der Ansicht, daß der Mörder das Landgut ausreichend gekannt haben mußte, um von der Existenz des Teiches zu wissen, einem ursprünglich natürlichen Wasserbecken mit lehmigem Grund, das ein Vorfahre Carlotas zu einem raffinierten Teich mit Seerosen und Libellen umgestaltet hatte. Das Gut, in dem früher die Verwalter eine Wohnung hatten, war mittlerweile gerade noch Dritt- oder Viertwohnsitz für Carlota und ihre Geschwister, die dazugehörenden Ländereien wurden von Pächtern bewirtschaftet. Wenn sich das Verbrechen in der Badewanne des Hauses zugetragen hatte, konnte es nur der Mörder wissen, und die Idee, die Leiche ins Wasser des Teiches zu stürzen, war eine merkwürdige Laune, die sich der Fähigkeit beamtlicher Schlußfolgerung sowohl von seiten der Polizisten als auch von seiten des Herrn Untersuchungsrichters entzog. Dennoch war es eine ganz andere Erfahrung, mit dem Richter zu sprechen, als mit Dávila. Der Polizist hatte allzu durchsichtige Verhaltensmuster, der Richter hingegen war ein passiver Empfänger von Aussagen, der über mehr Register zum Auffinden von Nuancen verfügte und über ausreichende Bildung, um angesichts der seltsamen antiquierten Kleidung der Toten nicht sonderlich erstaunt zu sein. Wenn sie in den Lungen Seifenwasser aus der Badewanne hatte, wie kam es dann, daß sie zum Zeitpunkt ihrer Auffindung wie eine Dame aus alten Zeiten gekleidet war? Obwohl sich die Presse in ihrer Berichterstattung aufgrund des Einflusses der vier Familien, der von Carlota, der von Luis, der von Modolell und der von Pepa, ziemlich zurückhielt, wußte man doch ausreichend über den Fall Bescheid, so daß ich ganz unbekümmert darüber sprechen konnte. Um so mehr in meiner Stellung als enger, dem Quartett nahestehender Freund.

»Carlota mochte diese Art von Spielen. Im Sommer war sie imstande, sich als Klytämnestra zu kleiden, und im Winter als Lady Hamilton.«

»Warum ausgerechnet Klytämnestra und warum wird Mykene mit dem Sommer in Verbindung gebracht? In Griechenland ist es auch kalt. Auch im alten Griechenland.«

»Carlota war immer im Sommer in Griechenland.«

Der Richter war bei der Aufnahme von Botschaften langsam, aber sehr bestimmt, wenn er welche abgab.

»Würden Sie behaupten, daß Carlota richtig im Kopf war?«

»Das würde ich von niemandem behaupten, Herr Richter.«

Es dauerte, bis er lachte, aber er lachte. Ich weiß nicht, was für ein Gesicht er machte, als er die Kaution Modolells mit einer Million festlegte und die unbedingte Haft von Luis verfügte. Carlotas Gatte hatte niemanden, der um ihn trauerte, zumindest nicht innerhalb des restlichen Quartetts, wo Pepa die Freilassung Modolells als einen klaren Beweis dafür auffaßte, daß ihr nicht einmal Gott selbst ihren Ehemann ins Gefängnis stecken konnte. Ich, der ich mich in der Rolle des betrübten und angesichts der guten Nachricht der Freilassung plötzlich erfreuten Freundes übte, und in die eheliche Wohnung eilte mit einem Strauß gelber Rosen, der Farbe des Sieges, beobachtete meine eigenen Reaktionen, als ich Modolell umarmte, und ich löste mich aus der Umarmung, durch den Eindruck gestärkt, daß ich schon nichts mehr für diesen Prinzen empfand. Schlimmer noch, die Verhaftung hatte ihm das Aussehen eines luxuriösen Verlierers gegeben, letztendlich aber das eines Verlierers, und alles unsinnige Getue Pepas ließ ihn in meinen Augen noch kleiner werden. Nun war sie von der Unschuld Modolells, von der Schuld Luis' und von der

Tüchtigkeit der Anwälte überzeugt. Sie verwendete mehr Zeit und Rührung auf die Darlegung des Curriculums der Anwälte als darauf, Worte über die wiedergewonnene Anwesenheit ihres Ehemannes zu verlieren. Natürlich hätte ich mich einmischen und lautstark anmerken können, daß Modolell glücklich zu schätzen war, eine Frau mit soviel Mut und Liebe an seiner Seite zu wissen. Ich stellte mir vor, wie meine Worte klingen würden, und dachte, daß sie nur Pepa ernstnehmen könnte. Es lohnte sich nicht. Was Modolell betraf, war er so liebesbedürftig, daß er es mir sogar erlaubt hätte, ihn auf den Mund zu küssen. Aber es blieb beim Wunsch.

»Und Luis? Was wird aus ihm?«

»Sie werden schon die Kastanien für ihn aus dem Feuer holen. Er soll schauen, wie er zurechtkommt.«

»Wie kannst du so etwas sagen, Pepa?«

Modolell verteidigte den gemeinsamen Freund und beteuerte, daß alles ein Mißverständnis war, eine routinemäßige Amtshandlung und Bequemlichkeit von seiten der Polizei. Sie hatten sie beide festgenommen, weil ihre vermeintliche Schuld die unmittelbarste und einfachste Erklärung darstellte: Der Liebhaber und der Ehemann. Sie waren einer sogenannten Gegenüberstellung unterzogen worden, obwohl es nichts gegenüberzustellen gab, außer dem Kummer und einem Dreitagebart. Sie hatten keine widersprüchlichen Aussagen gemacht, und Dávila verwandelte das Kreuzverhör in ein weiteres dümmliches Herumgerede voller Boshaftigkeit dem gehörnten Ehemann und boshafter Unterstellungen dem Liebhaber gegenüber. Was Carlota betraf, wurde sie in dem von Pepa und Modolell inszenierten Duell nicht einmal erwähnt, ein Duell, in das ich mich ab und an einmischte, in der Absicht höflich zu sein, und ohne das Gespräch in eine bestimmte Richtung zu bringen. Tatsächlich ertrug ich die Situation in Erinnerung an vergangene Zuneigung, aber dieses Paar hatte aufgehört, mich zu interessieren, ebenso wie Luis. War der einfache Schluß zulässig, daß Carlota die Gruppe zusammengehalten hatte? Nein. Aber ein Quartett ist ein Quartett. Es ist nicht nur eine in vier Teilen geschriebene Komposition, sondern auch das Zusammenspiel seiner Mitwirkenden. Bei einem Gesangsquartett benötigt man einen Sopran, einen Alt, einen Baß und einen Tenor, und wenn es sich um ein Instrumentalquartett handelt, ist es am besten, eine erste und eine zweite Violine mit einer Bratsche und einem Cello zu kombinieren.

Es war leicht, die Rollen zu verteilen: Carlota der Sopran oder die Viola, Luis der Baß oder die erste Geige, Pepa der Alt oder das Violoncello. Ein Quartett im Dienst welcher Musik? Zu sehr jeglicher Verantwortung ausweichend, um Quartette von Bach oder Beethoven zu spielen. Sie waren für die oberflächlichen Quartette Boccherinis gemacht.

Da das Quartett für immer zerschlagen war, verband mich nichts mit ihnen, und auch Pepa und Modolell war es kein wirkliches Bedürfnis, mich allzuoft zu sehen, sie hofften vielmehr, die Distanz möge sich auch zeitlich auswirken und Carlota zu einem Schatten der Erinnerung werden. So war der Stand der Dinge, und ich konnte jedesmal schlechter mit den Anrufen von Luis umgehen, der jedesmal stärker sein Gefangensein beklagte, mit diesem Gefühl der Unwirklichkeit, die ihn umgab, ihn die verlorene Wirklichkeit mystifizieren ließ und ihn davor bewahrte, ihre völlige Auflösung zu akzeptieren. Der Schein trügt, da gibt es keinen Zweifel, und sollte es einen gegeben haben, wäre der Selbstmord von Luis, der sich in seiner Zelle aufgehängt hatte, Grund genug, um meine Behauptung zu bestätigen. Dieser Ehemann mit seinem ständig strahlenden Lächeln und der Haltung eines Leibwächters war in Wahrheit ein Schiffbrüchiger in weiß Gott welchen Meeren innerer Beklemmungen. Die Familienangehörigen brauchten einen Schuldigen, der ihnen half, das Gefühl der Niederlage zu überwinden, die Scham, und vielleicht auch den Schmerz, den ihnen der Selbstmord von Luis bereitete, und sie taten alles nur Erdenkliche, damit wir beim Begräbnis im Hintergrund blieben. Wir waren die Schuldigen. Die schlechten oder unzureichenden Freunde, die ihn auf den falschen Weg gebracht und schließlich im Garten Gethsemane des Kerkers verlassen hatten. Aber wir mußten unserer Rolle gerecht werden, und dem Begräbnis beizuwohnen und einen ebenso eisigen wie höflichen Schmerz an den Tag zu legen war ein Teil dessen, auch wenn ich im Innersten meines Herzens so etwas wie Gewissensbisse spürte. Für die Familie von Luis war sein Selbstmord der Beweis seiner Unschuld, für Dávila und den Herrn Richter das Eingeständnis seiner Schuld. Polizei und Richter sind gezwungen, Fälle abzuschließen und Erfolgsstatistiken anzufertigen. Wenn du für sie den Fall mit einer brauchbaren Wahrscheinlichkeit abschließt, kannst du den Papst höchstpersönlich ermorden. Diese frivole Abschweifung kam mir in den Sinn, als sich die Grabsteinplatte auf die Familiengruft von Luis senkte, auf ihn und endgültig auf das Quartett, obwohl ich Pepas Einladung zum gemeinsamen Frühstück in einer kleinen Milchbar, »die noch so ist wie früher«, annahm. Ich weiß nicht, weshalb Begräbnisse appetitanregend sind, aber zwei innerhalb von so kurzer Zeit, das von Carlota und das von Luis, haben bei Pepa eine beleidigende Gefräßigkeit ausgelöst. Sie löffelte die Schlagsahne und trank die Schokolade, als handle es sich um eine Tasse Bouillon an einem Wintertag am Nordpol. Modolell hingegen war die Unlust in Person. Er war zweifellos der im herkömmlichen Sinn sensibelste von den dreien und am meisten darauf aus, als trauernder Hinterbliebener von Luis aufzutreten. Weder Pepa noch ich gaben ihm Gelegenheit, irgendeine Floskel diesbezüglich loszuwerden, und er litt darunter, wagte es aber nicht, Pepas Festschmaus mit einer Grabesrede zu stören. Pepa war es schließlich, die zwar nicht mit vollem Mund, aber noch mit den Rückständen ihres letzten mächtigen Happens beschäftigt, ausrief: »Das Leben muß gelebt werden.«

Ich gab ihr mit einer gewissen Schwermut recht.

»Ja, es muß gelebt werden. Das ist die wichtige Lektion, die ich aus der ganzen Geschichte gelernt habe. Morgen schon packen wir die Koffer und begeben uns auf eine unserer Reisen. Auf die Fidschi-Inseln zum Beispiel.«

Ein ungewöhnlicher Blitz erhellte mein Gehirn, und meine Lippen sagten: »Dort hat es vor kurzem einen Staatsstreich gegeben.«

»Dort auch? Bist du sicher? So ein Mist. Dann fahren wir eben auf die Malediven oder die Seychellen.«

»Auf den Seychellen gibt es ebenfalls innenpolitische Spannungen, und auf die Malediven zu kommen, ist wegen der Auseinandersetzung zwischen Singhalesen und Tamilen schwierig geworden.«

»Ist ein Tamile nicht ein Affe?«

»Du verwechselst ihn mit einem Mandrill. Die Tamilen sind eine Volksgruppe.«

»Wie schrecklich.«

»Die Inseln sind längst nicht mehr das, was sie einmal waren.«

»Dann fahren wir eben nach Genf.«

»Ich beglückwünsche dich zu deiner Wahl. Das ist ein sicherer Platz.«

»Kommst du mit uns?«

Ich schützte eine tatsächliche, aber leicht aufschiebbare Arbeit vor und bemerkte sowohl bei ihr als auch bei ihm Erleichterung. Ohne mich konnten sie ein neues Leben beginnen, ihren Bedrängnissen stichhaltige Erklärungen entgegensetzen und sich später einmal trennen oder aber gemeinsam altern in der Würde, die ihnen das russische Roulette des arteriellen Netzes zugestehen würde; ich konnte allerdings *a priori* vorhersagen, daß Pepa in Zukunft mit einer drohenden halbseitigen Lähmung leben würde, und Modolell mit einer unzureichenden Blutzirkulation. Es war der richtige Augenblick für ihren Versuch, ein oder zwei Kinder zu bekommen und auf eigene Faust, ohne Außenstehende, ein Quartett zu bilden. Ich schloß die Augen, um nicht mitansehen zu müssen, wie Pepa ihren dritten Biskuitkrapfen dieses Morgens aß, und um mir vorzustellen, wie ich mich als Gratulant einfinden würde, sobald sie mich von Pepas Entbindung benachrichtigt hätten. Oder würden sie mich nicht benachrichtigen? Was konnte ein Junggeselle wie ich bloß einem Neugeborenen schenken? Und, viel schlimmer noch, zwei? Aber Pepa zwang mich, die Augen zu öffnen, und zwar nicht mit dem, was sie tat, sondern mit dem, was sie sagte: »Wir bekommen ein Kind, Modolell.«

Und als ich die Augen öffnete, sah ich, wie Pepa die Lippen bewegte, um die letzten Reste von Schlagobers, Schokolade und Biskuit, die sie sich einverleibt hatte, auszukosten, während sie mit einer Hand – wie ich glaube zärtlich – Modolells Handgelenk ergriff. Er war Herr der Lage, das heißt, er war es nicht. Er machte ein Gesicht, als wäre es an ihm, ein Kind zu gebären, und er zeigte weder Begeisterung noch Ablehnung, zum Teil wohl deshalb, weil Pepa, die unablässig mit einem einzig und allein für sie gültigen Lebenshorizont beschäftigt war, es gar nicht von ihm erwartete.

»Ich habe in letzter Zeit viel nachgedacht.«

Das war in ihrem Fall doppelt gefährlich: Denken und viel.

»Und ich bin zu dem Schluß gekommen, daß wir mit dem Feuer gespielt haben; wir sind fast vierzig und leben so, als hätten wir keine Wurzeln. Carlota hat uns ihren Lebensstil aufgezwungen. Aber jeder Mensch braucht Wurzeln.«

Das klang wie das perfekte Ende einer im »tiefen Süden«, wenige Jahre nach dem Sezessionskrieg angesiedelten nordamerikanischen Fernsehserie. Doch in Wirklichkeit wurde all das, was ich hörte, in einem Kaffeehaus ausgesprochen, in dem vorwiegend Frauen saßen, die dort in vorgetäuschter Hast frühstückten, bevor sie ihre Einkäufe auf dem nahen Markt erledigten. Meine Antwort mochte zwar ätzend ausfallen, aber ich merkte, daß ich schwitzte, und abgesehen von der Beklemmung blockierte eine Empörung gegen mich selbst meine gesamte Denkfähigkeit, eine Empörung wegen meiner verräterischen Körpersprache, die eine innere, von meinem Gehirn beharrlich geleugnete Unruhe nach außen kehrte.

Wir waren in getrennten Autos in der Nähe von Can Ciurana angelangt. Dann stieg ich in Carlotas Wagen, und wir fuhren über einen einsamen Feldweg zum Landsitz, vermieden so die Begegnung mit den Pächtern, die sich allerdings zu dieser Abendstunde wohl schon in ihren Häusern im Dorf befanden. Carlota hatte eine Überraschung für mich, und ihr schien die Atmosphäre von Can Ciurana am passendsten dafür, viel eher als meine Wohnung oder eine dieser mit vielen Spiegeln ausgestatteten Suiten in einem *meublé,* wo sie sich manchmal in einer kapriziösen Anwandlung mit mir verabredete.

»Es handelt sich um eine sehr literarische oder sehr filmreife Überraschung, je nachdem.«

Vor der Überraschung aber hatte Carlota eindeutig vor, mit mir zu schlafen, mit der ihr eigenen Kunst, mich dazu zu bringen. Manchmal legte ich mich mit ihr ins Bett und mich ängstigte die Vorahnung eines durch meine Unlust verursachten Versagens, doch sie verstand es, mich mit natürlicher Sanftheit zu motivieren, die zwar nicht fleischlich wirkte, es aber war. Danach, nachdem das sexuelle Protokoll erfüllt war, kam unweigerlich die Sequenz, ausgestreckt auf dem Bett liegen zu bleiben, das Gesicht zur Decke gedreht, in einem dankenswürdigen Abstand voneinander, denn die Vorstellung, Carlota könnte zu jenen Menschen gehören, denen es gefällt, sich nach dem Auf und Ab des Liebesakts klebrig ineinander zu verknäueln, wäre schrecklich gewesen.

»Sieh mich an«, sagte Carlota, als die paar Minuten der üblichen Betrachtung der rustikalen Dachsparren vorüber waren. Ich sah sie an. Sie war sie selbst, da gab es keinen Zweifel. Ein Botticelli oder ein präraffaelitischer Akt in den Malvenfarben der vorgerückten Abenddämmerung.

»Gibt es nichts Neues an mir?«

Gab es schon, aber zu diesem Zeitpunkt sah ich es nicht. Sie stand behend auf, stellte sich vor den großen Spiegelschrank und drehte sich zur Seite, und dann sah ich es, trotz des Zwielichts.

»Und jetzt?«

Ich hatte mich im Bett aufgerichtet, allerdings nicht, um besser sehen, sondern um besser denken zu können.

»Ich bin in anderen Umständen.«

Diese sanfte Wölbung, die bis zum Schambein hinabreichte, so fein, daß sie auf den ersten Blick nicht zu sehen war, war der Beweis.

»Es ist deines.«

»Was ist meines?«

»Unser Kind.«

Ein Lächeln spiegelte sich auf ihrem Gesicht, ein Lächeln, das mir unnötig blutrünstig erschien, wie die sinnlose Blutgier von jemandem, der lächelt, nachdem er dich kastriert oder dir irgendeine andere grausame Verstümmelung angekündigt hat. Mich schmerzten mein Bauch und mein Geschlecht, als wäre ich schwanger und stünde kurz davor, zu gebären. Sie kam zu mir zurück, kniete sich vor mir nieder, nahm meine Hände in die ihren und streckte ihr Gesicht voll sehnsüchtiger Erwartung dem meinen entgegen, das geschützt im Halbdunkel lag.

»Wir werden ein Kind haben, werden Wurzeln schlagen ... unsere ... Ich sage dir das nicht, damit du dein Leben änderst. Ich verlange nichts von dir. Nur, daß du dich auch darüber freust, daß es endlich etwas gibt, was uns für immer verbindet.«

Dieser übelriechende umherschwimmende Fötus, schleimig wie der Fehlauswurf eines Huhns und schlecht geplant als künftiger Mann oder künftige Frau, sollte uns für immer verbinden. Er war ein anderes, bedrohliches und vernichtendes Ich, das mir Zeit und Raum rauben würde, das Recht auf mein eigenes Selbst.

»Ich sag es dir, damit du dich in aller Ruhe freuen kannst. Nein, sag nichts ... Nichts ... Wir werden in ein paar Tagen wieder darüber reden.«

Sie sprang aus dem Bett und ging zur Badewanne, die, mit Wasser und duftenden Salzen gefüllt, seit Beginn unserer Liebesdebatte auf sie wartete. Ich hörte, wie ihre zierlichen Füße ins Wasser tauchten und wie sich dann ihr ganzer Körper dem wohltuenden Bad hingab. Wenn mich zunächst alle geheimen Gänge des Geschlechts geschmerzt hatten, tat mir nun der Kopf weh; er glich einem dunklen glühenden Stein. Auf einmal gab das Spiel nicht nur seine Beschränktheit preis, sondern bedrohte mich mit dieser Verschwörung zwischen Carlota und ihrem Fötus, zwischen dem kannibalischen Weib und ihrem schmarotzenden Ungeziefer. Dieses nach Leben gierende Wesen, das in ihrem Bauch brodelte, mit ozeanischen Augen und einem Mund, der mein eigenes Leben aufsaugte, war besonders hassenswert. Bis zu diesem Moment kann ich erzählen, was geschah, so als würde ich es nochmals durchmachen, aber dann sehe ich mich ein ums andere Mal, wo auch immer, und wie auch immer sich die Beschaffenheit meiner inneren Einsamkeit gestalten mag, in der schwierigen Lage, zwischen zwei durchaus unterschiedlichen Varianten zu wählen, die vielleicht entstanden sind, um die anderen im Notfall irrezuführen, oder ganz einfach, um mich selbst zu verwirren.

In der ersten Variante springe ich aus dem Bett und erreiche das Badezimmer, wo Carlota in zitronenduftendem Wasser schwamm, inmitten der Dämpfe des hinzugefügten heißen Wassers, und mehr als zuvor sehe ich diesen schuldhaften feuchten Bauch und es scheint mir, als könnte ich unter der Haut, die ich als durchscheinend bezeichnen würde, die übelwollende Gegenwart des bocksfüßigen Kindes erblicken, die Ausgeburt des Teufels höchstpersönlich. Und auf eine belanglose Äußerung Carlotas antworte ich mit Schweigen, stelle mich hinter sie, genau hinter die Marmorbadewanne im Imperialstil, die Carlotas Großvater zu Beginn des Jahrhunderts vor Les Halles erstanden hatte. Ich lege meine Hände auf die nassen und schaumbedeckten Schultern Carlotas und sie streckt mir vertrauensvoll eine Hand entgegen, und genau dann tauche ich sie unter Wasser mit aller Kraft, die mir das Gewicht meines Körpers erlaubt, der sich einem Abgrund zuneigt, in den ich falle, indem ich sie untertauche, so als würde ich, indem ich sie den Tiefen des Wassers überlasse, mich selbst vernichten. Vergeblich versucht ihr Körper, sein Recht auf Leben einzufordern. Für mich ist er nur mehr ein lästiges Hindernis, das mir die Rückkehr zu mir selbst und zu meiner früheren Situation vereitelt; und je schneller sie aufhört zu zappeln und, schon blau im Gesicht, unter Wasser zu röcheln, desto besser. Und so geschieht es. Die Badewanne strahlt einen seltsamen Frieden aus, als der Körper, so als würde er sich eine letzte Bewegung gestatten, an die Oberfläche kommt, Bauch und Gesicht zur gleichen Zeit, ein zweifach toter Bauch und ein Gesicht, in dem sich Erstaunen und Entsetzen widerspiegeln, das dem Gesicht Ophelias auf dem Gemälde von Everett Millais gleicht.

Oder vielleicht war es nicht so, und ich stehe vom Bett auf und flüchte, bewege mich nicht in Richtung Badezimmer, sondern zum Haustor hin, denn ich weiß, daß, wenn ich es öffne, Modolell dort stehen wird, wie ein als Mörder verdungener Prinz, und es wird genügen, ihm mit einer Kopfbewegung den Weg zum Badezimmer zu weisen, der er ergeben folgen wird wie ein Diener, dessen Hirn ausgelöscht ist. An der Türschwelle warte ich, daß er seinen Weg nimmt, warte auf die erstickten Schreie, den ungleichen Kampf, und auf die Rückkehr des Prinzen mit nasser Kleidung und offenen, vom Verbrechen getränkten Händen. Doch egal, ob das eine oder das andere oder beides gleichzeitig geschah, nehme ich jedenfalls das Ophelia-Kleid aus dem Schrank und breite dieses Totenhemd auf dem Bett aus, in Erwartung auf den sorgfältig im Badezimmer getrockneten Körper. Mit zwei Händen? Mit vier Händen? Danach war es mühsam, aber passend, die Tat mit einem Trauerzug abzuschließen, der an das Ufer des Teiches führte, und als der Körper Carlotas mitsamt ihrem Kind unterging, war mir bewußt, daß ich eine ästhetische Pflicht erfüllte, diesem so erhabenen Geist eine letzte Ehre erwies, und gleichzeitig zerbrach ich so alle nur erdenklichen logischen Zusammenhänge für diese meuchelnde Meute der Gesetzeshüter, die im Begriff war, sich auf diese private Affäre des Quartetts zu stürzen. Wenn auch der Richter, in dessen gebildetem Kopf ein Winkel für die Präraffaeliten und Hamlet reserviert war, angesichts der Inszenierung des Mordes an Carlota eine gewisse ästhetische Regung verspüren mochte, eine gefährliche Regung, da seine Phantasie mit ihm durchgehen konnte, erfüllte Dávila seinen Auftrag als argwöhnischer Staatsbeamter, der davon überzeugt ist, von niemandem hinters Licht geführt zu werden, so präraffaelitisch er auch sein mochte.

Das war seine Argumentationslinie beim letzten Besuch, den er mir abstattete, Wochen nach dem Selbstmord von Luis und wenige Stunden, nachdem ich eine Ansichtskarte von Pepa und Modolell aus Genf erhalten hatte. Die Karte lehnt in ihrer Leichtigkeit an der Anubis-Statue, ich erwähne sie dem Inspektor gegenüber, und er lenkt erstmals sein Augenmerk auf die seltsame Figur.

»Was ist denn das? Was für ein merkwürdiges Geschöpf.«

»Eine niedrige ägyptische Gottheit.«

»Ein Hund?«

»Ein Hundemensch oder ein Menschenhund oder ein Mensch mit dem Aussehen eines Hundes oder ein Hund mit dem Aussehen eines Menschen. Letztendlich ein Gott. Der Hund ist ein Sinnbild, das immer mit der Hölle in Verbindung steht, er ist Führer des Menschen in der Nacht des Todes. Die Mexikaner vor Kolumbus begruben ihre Toten mit lebendigen Hunden, damit diese sie ins Jenseits begleiteten.«

»Die Hunde waren sicherlich glücklich. Es gibt keine treueren Wesen als Hunde.«

Die Anubis-Statue zog ihn an, hatte aber seinen erläuternden Gedankenfluß unterbrochen, mit dem er seinen Besuch rechtfertigen wollte.

»Ich schulde Ihnen eine Erklärung.«

Ich befürchtete für einen Augenblick eine neuerliche Demonstration seines Anrechts auf unnützes Umherschweifen, doch so war es nicht. Im Grunde war Dávila ein wohlerzogener Beamter, den es störte, stören zu müssen, und bestrebt, daß sich sämtliche zurückbleibenden Mißverständnisse in Wohlgefallen auflösen mögen.

»Ich wußte von Anfang an, daß der Ehemann der Mörder war. Das konnte man an den Fingern einer Hand abzählen. Die Dinge geschehen nicht einfach so, und alles war nur allzu offensichtlich. Manchmal jedoch ist das Offensichtliche nicht gleich als solches zu erkennen. Hängt vom Fall ab. Von den Personen. Sie wissen schon, was ich meine.«

»Nein, am Anfang verstand ich Sie nicht.«

»Nun, es ist alles ganz klar, Señor Ventós, und es ist unglaublich, daß Sie mit Ihrer Lebenserfahrung nicht darauf gekommen sind. Nicht alle Verdächtigen sind gleich. Ich schreie irgendeinen armen Kerl an oder verpasse ihm ein paar Ohrfeigen, und er rückt mit allem heraus; das war hier nicht der Fall. Wohlerzogenen Leuten muß man höflich begegnen, man muß sich auf ihre Ebene begeben und sie mit ihren eigenen Waffen schlagen. Verzeihen Sie, daß ich Sie über Gebühr belästigte. Aber bitte hören Sie auf mich. Trennen Sie sich von diesem Schwulen, den Sie als Sekretär haben. Früher oder später werden Sie dafür büßen.«

Der Fall war abgeschlossen.

Als Dávila bereits eine soeben aus meinem Zimmer und unserem Leben gegangene Erinnerung war, nahm ich nochmals die Ansichtskarte von Pepa und Modolell zur Hand und las sie. Pepa hatte den Großteil geschrieben:

»Du hast recht. Die Schweiz ist das Schweizerischste, was es gibt, und es macht Spaß, manchmal in einem Uhrenparadies zu leben. ›Modo‹ kauft sich ununterbrochen Zigarren und elektronische Waagen. Das Fondue macht sehr dick. Küsse. Pepa.«

»Modo.« Modolell war bereits zu »Modo« geworden. Pepas besitzergreifende Absichten kannten keine Grenzen, vor allem, seit sie sich von den unausgesprochenen Verhaltensnormen des Quartetts befreit hatte, von der Vormachtstellung Carlotas und meiner Eigenschaft als Führer in Höllen, Paradiesen und Boutiquen. »Modo« hatte liebenswürdig zu mir sein wollen und eine Randbemerkung hinzugefügt. »Pepa ist fett wie eine Kuh.«

Ach du meine Güte, was für ein Verfall. Zu Carlotas Lebzeiten, und solange das Quartett bestand, wäre eine solche Derbheit undenkbar gewesen. Aber das Schlimmste fehlte noch. Unterhalb der Randbemerkung von »Modo« stand noch ein endgültiger Kommentar von Pepa.

»Du errätst doch sicherlich nicht, warum?«

Alles in Ordnung. Alles in Unordnung. Im Spiegel ist mein alter Bruder, der über die Zeit, die er mit mir verbringt, Buch führt, dieser andere, der älter wird und mich sehnsüchtig anblickt, der meinen Blick braucht, um sich lebendig zu fühlen. Dieser andere, der mir Sehnsucht abverlangt und mir den Wunsch vorgaukelt, in die Kindheit zurückzukehren, gleich einer Flucht nach hinten, da die Flucht nach vorne, über den Spiegel hinaus, unmöglich ist. Und dieser andere lehrt mich stets die Furcht vor der Liebe und vor dem Altern, bis ich ihn beruhige, wenn ich ihn küsse, meine eigenen Lippen küsse, und aus dieser Berührung entspringt ein gespenstischer Hauch.

Ich bin, der ich bin.

Die wenigen Weisen, die auf Erden gewesen sind.

Ich bin nicht der, der ich zu sein scheine.

Und was soll man zum unerschütterlichen Kampf der algerischen Kommunisten sagen?